不信溫柔喚不回

廖玉蕙◎著

廖玉蕙作品集

十多年過去了！
——《不信溫柔喚不回》重排新版有感

《不信溫柔喚不回》是我的第五本散文創作集，繼第三本書《紫陌紅塵》出版後得到中國文藝協會頒贈的五四文藝獎章，又僥倖獲得評審青睞，榮膺散文類中山文藝創作獎。猶記中山文藝獎主辦單位清晨來電通知獲獎消息時，因為前夜趕稿，我仍在睡夢之中，被電話吵醒後，迷迷糊糊地回答：

「你們一定弄錯了！我並沒有報名參賽，你再仔細查一查，看是陳幸蕙或廖輝英，老是有人將我們弄混了。」

那位無辜的男子，頻頻致歉後，掛下電話，我繼續蒙頭大睡。約莫十分鐘左右，同樣的聲音又從電話彼端傳來，確認我得獎無誤，他說：「你雖然沒有報名參賽，但是有人具文推薦。」意外得獎的消息，讓我一下子清醒過來，接著又聽說附帶有三十萬元的獎金，我幾乎吃驚到跌落床下。第一個浮上腦海的念頭是：「應該到哪裡買一套像樣的衣服慰勞一下自己？」獎金還沒拿到手，我就直奔敦化南路的精品店狠狠認購了一套紅色長袖套裝，雖然不甚合身，但在店員三寸不爛之舌的鼓吹下，我的拜金形象於焉奠定。而那套貴得嚇人的套裝，只在頒獎典禮上露了一次臉，從此藏身衣櫃深處，再也不見天日，由此可見得獎的興奮足以讓人瘋狂得失去理性。

收在本書第三輯「溫柔出擊」的十篇文章，是在《中央日報》發表的，也是我第一次接手專欄寫作。如今回想起來，首度撰寫專欄的那兩個半月間，唯恐開天窗的焦慮堪稱前所未有，寫到第十篇，就再也無法忍受了，於是，便和主編梅新先生討饒，自我了斷。這樁「中道崩殂」的糗事，一直到現在還記憶猶新，尤其是當時被賦予重任的受寵若驚與寫作時戰戰兢兢、臨淵履冰的敬謹心情，是一刻不敢或忘的。這十篇專欄文字，堪稱是我寫作生涯跳躍一個無形關卡的重要關鍵，從那以後直至今天的十五年間，我接續在許多報紙副刊及文學雜誌上撰寫過無數專欄，雖然偶爾還是會萌生時間掌握上的焦慮，但是，一切似乎駕輕就熟多了，好似已經跨越過鴻溝，可以漫步徐行在青青草原上。更重要的是，我所寫的所有專欄，從此定調為「雖屢屢出擊，卻一直謹守溫柔之必要」。

在出版過第三十一本著作的今日，《不信溫柔喚不回》的重排新版，對我而言，意義重大。這本書，除了讓我得獎、讓我跨越關卡外，它還有幾件事值得提出來向支持我的讀者報告的。一是其中的兩篇文章〈心疼〉、〈示愛〉，分別被兩家出版社收入國中教科書裡，沒有將它收入的幾家教科書，也都設法將它納入散文的課外閱讀讀本裡。追憶父親的〈繁華散盡〉一文，則被許多不同的文學選本收入，並被Chinese Pen翻譯成英文介紹出去，詩人吳晟戲稱是我的「經典之作」；那篇記憶蜜月旅行的〈出門尋日月〉則被廣電基金會相中，在「吾鄉印象」節目裡，以電視畫面呈現原文，我們夫妻二人還被邀請親自粉墨登場，在日月潭擔綱演出，被導演折騰得七葷八素。〈鵝肉販的語言暴力〉刊出後，許多朋友都聞風前往東門市場排隊選購鵝肉，聽說那位鵝肉販的姿態越來越高。一個星期假日，我再度到東門市場買菜，一位女菜販用眼神指向那位鵝肉販並悄聲告訴我：

「那人被寫到報紙上面哦！」

我嚇了一大跳，偷偷問她知否作者為何人，她壓低了嗓子回說：

「暫時還沒有查出來。」

當我終於放下心來，經過鵝肉販的攤位旁，看到有位婦人犯了他的忌諱、出手去翻閱他的鵝肉時，我忍不住以過來人身分警告婦人，那位粗魯的鵝肉販竟然抬起下巴，驕傲地補充說明：

「是呀！你是不曾看過報紙是嘿？」

最後一輯的〈你有資格生病嗎？〉，除了敘述一次在台大醫院就診的荒謬經驗外，因為意外引發一場論辯，所以，也徵得幾位參予論辯者的同意，將他們的高論一併呈現。距離文章發表已十六年了，我特別上網尋找兩位醫師的行蹤，宋成龍和邱震寰兩位先生分別在和信治癌中心醫院放射診斷科及臺北市立聯合醫院精神醫療部擔任主治醫師，他們都仍堅守醫師崗位，在專業的領域救世濟人，十分令人感佩。回顧當年的醫病論戰，雖各自從本位出發，倒也真提出了許多值得注意的問題。如今，經歷了幾樁駭人聽聞的醫事糾紛，如邱小妹人球事件，讓長期以來原就緊張的醫病關係更加浮出檯面。去年，沈君山先生更以親身經歷的中風就醫經驗，寫成一篇題為〈二進宮〉的寫實散文，並榮獲九十四年度散文獎。從文章中看出，以沈先生的身分與知名度，猶且需要透過諸多的人情救援，才能在醫院中得到適當的照料，就遑論一般的升斗小民了！〈你有資格生病嗎？〉當年在中國時報登出後，接獲的迴響超出想像，雖然沒有如名氣響亮的沈君山先生一樣得獎，但身為市井小民，我的就醫經驗，沒有特權加持，或者更能凸顯出一般患者的共同委屈吧。

十多年過去了！我重新在深夜展讀舊作，滄海桑田之感油然而生。

寫〈快樂地走進廚房〉時，母親猶然虎虎地、生猛地在廚房內張羅三餐，如今，年滿八十五的母親，雖仍精神矍爍地期待兒女回家團圓，卻已無法像往日般手腳麻利地在廚房穿梭了；

而〈新冬菇鳳爪湯〉問世時，婆婆依然硬朗，堅持在新年時忙碌地炊粿、做菜、不停參拜諸方神明，如今也已仙逝多年，成為子孫們敬拜的神仙；〈誰來『餃』局〉寫任教的中正理工學生來家裡包餃子的慘痛經過，那些肇禍的學生，分發部隊後的幾年，還和我有若干的聯繫，如今也不知身在何方，而我離開中正理工學院轉任世新大學忽忽也已將近八年；另外，寫大陸之行，乘坐所謂「豪華郵輪」的〈豪華郵輪之旅〉，曾經患難與共的幾位學者，雖偶在學術研討會上驚鴻一瞥，卻似乎都已遺忘曾經的「魔鬼訓練」了。有趣的是，〈彩筆揚春〉中，寫外子喜愛繪畫，得空，曾經為親朋好友繪製無數卡片，文章的最後，還為他封筆十年感到悵然若有所失，且殷殷訴說心願：

「盼望哪天外子不再以忙碌為藉口，重新用彩筆畫出昔日的熱情。」

萬萬沒料到，幸而言中，五十歲退休後的他，竟然真的重拾畫筆，專心投身繪事，甚至開起了畫展，成就他事業的第二春；更慶幸的是，昔時天真無邪、滿懷熱情的女兒，在〈情深似海〉、〈心疼〉、〈示愛〉、〈多倫多的天氣〉裡展示溫柔多情的天真，如今雖已年屆二五，在紛亂的世代，卻依然保持星星一樣純真清朗的情性。

物換星移在文章裡歷歷分明。歲月的變化，何止這些！重看本書最後收錄的外子應《新生報》所描摹作家太太的〈有所迷糊，有所不迷糊〉，不禁笑倒在地，幸而當年看這篇文章時並沒有察覺他的文筆還相當不錯，否則，一定大加鼓勵，而一個家庭若出現兩位作者，難保不產生「文人相輕」的競爭惡果。

外子的文章裡所提到的我的寫作惡習，如紙質不對不寫、不是固定品牌的筆也不寫、字紙簍裡頃刻間丟滿揉皺的稿紙……等，已隨著電腦寫作取代紙筆而不再成其為問題；寫作時不能穿著有鬆緊帶的衣服、必須卸下髮夾或醞釀時間太長、醞釀過程因情緒不穩而株連丈夫、兒女等等，也都隨著寫作年資的增長、寫作訓練的累積而成為歷史。十幾年間，我的人生也有諸多變化，我用功讀書，取得了博士學位；我努力教書研究並創作，升等成為教授；我勇敢地變換髮型，不再光說不練；我的愛慕虛榮，開始不定期密集發作，發作時，會不顧阻攔地購買昂貴飾品慰勞自己，事後則懊悔萬分；我不再迂迴暗示外子送花，我直接明示他在何時、該買甚麼樣的禮物取悅太太。當然，一些積習依然難改，我迷糊依舊，長年在教室間逡巡、徬徨，等著學生來領人，每天仍然忙著找鑰匙、手錶、眼鏡、書本和點名單；寫完了文章，仍舊要念給外子聽，假裝請他提供意見，實際希望他諂媚阿諛；我依然無可救藥的樂觀，每天優遊自得、看出去的世界雖然不乏瑕疵卻永遠可愛、美麗……。

十多年過去了，好快！童年常用的成語「歲月如梭」，忽然變得既靈動又寫實！

廖玉蕙　二〇〇五年三月十九日
於臺北市

目錄

出門尋日月

溫柔出擊

副篇

一往情深（代序）

不知應如何來看待「寫作」這件事，每每聽到有些作者把它當「名山事業」來從事，便覺心下惶恐。於我，寫作原不過是生活的記載——快樂與辛酸，愛恨與怨嗔，眼中看的，心裡想的，如此而已，既無關乎名山，就連工作亦不是，也許比較更接近遊戲吧！一場自己和自己玩的遊戲。

自小乖僻，不善與人相處，便習慣了不斷地和自己玩遊戲，寫作或者正是這場遊戲的延續。遊戲的目的不過是讓自己開心，至於一旁偷窺的人如果也覺精采、看得高興，自然也有助興的作用；若是覺得乏味、無聊，也無損於我的興致，這一點，我有數十年的經驗，沒有觀眾、不需夥伴，依然玩得熱鬧繽紛。

既然是遊戲，當然容易上癮，經常樂不思蜀，荒廢功課者有之，怠惰職守，也是常事。學術論文攤了一書桌，卻躲到餐桌上另闢遊戲場寫散文；肉焦了、麵糊了，我卻仍在散文世界中吃吃發笑；夜裡玩到三更，早上起不來，任憑家人千呼萬喚，像個賴床的小孩；有時玩得興起，即使開車途中，也捨不得中止，歪七扭八地在亮起紅燈的十字路口搶時間寫上一小節；癮頭發作時，六親不認，像荒嬉過度的浪蕩子，偶爾照到鏡子，但見鏡中人形神勞悴，卻又眼露凌厲之光，幾乎可射人立死。

既是遊戲，必有規則，雖說並無玩伴，規則仍不能免。因為起步較晚，早過了傷春悲秋的年歲，對哀感頑豔的題材不再流連，工巧濃麗的文字也非我所長，周亮工《尺牘新鈔》中所輯盧世㴶〈又與程正夫〉裡的一句話最能道出我的堅持：

「天下事，無論作文作人，只以老實穩當為主。」

「老實」容易，「穩當」難，「老實」只須字字由胸臆流出，「穩當」則牽涉寫作功力，未能一蹴可幾，然則不尚奇巧雕琢、一以「真誠老實」自期，或者可以說是我一向自訂的寫作規則吧！尤其在年歲漸長後，我越來越相信，只有真心對待、不以諂笑柔色應酬，人間才有華彩；寫作也是這樣，唯有著誠去偽，不以溢言曼辭入章句，文章才有真精神。

這一場接一場的遊戲，一路玩下來，屈指數來，也有八載了。雖說只是遊戲，但一旦置身其間，態度可是半點不敢輕忽，唯其為遊戲，更增加了無限的魅力，使我對它一往情深，九死無悔。

一直極熱烈地戀愛著生活，不管工作或遊戲，都興致勃勃。然而，由於迷糊，常常遇到意外，不時走出軌道，生活中獨缺秩序，思之不免悵然。自從寫作，發覺文字工作是我與這世界最有秩序的溝通，便更捨不得放下，由是有了這樣一本書。真希望這次的溝通（或者說這一場遊戲），能讓讀者更清楚地看出我對人世的深情厚意。

——一九九三年十二月
臺北市

端詳歲月

儘管在過往的歲月裡，曾經無數的摧折，卻仍對人不改癡心，奢侈地冀望抓住一些比較重要的東西。

情深似海

暑假期間，一位昔日好友由倫敦回來。我們約在信義路金石堂五樓的咖啡屋中見面。

夏日的午後，鬱熱難當，我拉著女兒的手，走在人潮滾滾的街道上，覺得整個城市似乎要燃燒起來。女兒的小手，常因逆向行走的行人的衝撞而由我手中鬆脫，然而，很快地，又會迎上前來。我們就在商家吆喝聲、行人討價還價聲中，斷斷續續地聊著。

女兒問我即將和什麼人見面，我說：

「是媽媽大學畢業後留在學校當助教時的同事，由很遠的英國回來。」

女兒側著頭天真地問：

「是不是從很遠的地方回來的人，都要約著見面，請他們喝咖啡？」

「那倒不一定啦！媽媽那時候同她感情最好，一起做助教時，她很照顧媽媽。」

女兒鍥而不舍地接著問：

「大人也還要人家照顧嗎？她怎麼照顧你？是不是像蔡和純照顧我一樣？教你做功課？」

蔡和純是她的同班同學。我聽了不由得笑了起來說：

「大概差不多吧！人再大，也需要別人照顧呀！對不對？像爺爺生病了，也要我們照顧嘛！對不對？……」

「那你生病了嗎？那時候。」

「生病倒沒有。不過，那年，有一段時間，媽媽的心情很不好，覺得自己很討人嫌，人緣很差。就在那年聖誕節前幾天，我發現王阿姨偷偷地在我辦公桌上夾了張她自己做的賀卡，上面寫著：『我不知道怎樣形容我有多麼喜歡你，祝你佳節愉快。』媽媽看了好感動。這張卡片改變了當時媽媽惡劣的心情。更重要的是，給了我很大的鼓勵，使我覺得自己並不那麼討厭！」

女兒聽了，若有所思，低頭不語。

我和朋友見了面，開心地談著往事、彼此探問著境況，女兒一旁安靜地聽著，不像往常般吱喳喳搶著說，我們幾乎忘了她的存在。

一會兒工夫後，女兒要求到三樓文具部去看看。十分鐘後，女兒紅著臉，氣喘吁吁地上樓來，朝我悄悄地說：

「先借給我一百元好嗎？我想買一個東西，回去再從撲滿拿錢還你。」

我和同學談得高興，無暇細想，知她不會亂花錢，便拿錢打發她。過沒多久，她又上來了。面對朋友，恭敬地立正，雙手捧上一盒包裝精美的禮物，一派正經地說：

「王阿姨！送你一個小禮物，你從那麼遠的地方回來。」

朋友和我同時大吃了一驚，朋友手足無措，訥訥地說：

「那怎麼行！我怎麼能收你的禮物！……我從英國回來，沒帶禮物給你，已經很不好意思了，而且，我是大人，你是小孩兒……」

女兒很認眞地併攏腳跟，無限深情地說：

「我媽媽說你是她最好的朋友，謝謝你以前那麼照顧我媽。」

一股熱氣往腦門兒直衝了上去，我喉嚨驀地哽咽了起來，眼睛霎時又溼又熱，我束手無策，萬萬沒想到女兒竟會如此做。朋友的眼睛也陡地紅了起來，嘴唇微顫，卻是一句話也說不出來，只緊緊摟過女兒，喃喃說道：

「謝謝啊！謝謝……」

這回輪到女兒覺得不好意思了。她伏在朋友肩上尷尬地提醒朋友：

「你想不想看看你得到什麼禮物啊？」

朋友拆開禮物，是掛了個毛絨絨小白兔的鑰匙圈。女兒老氣橫秋地說：

「會照顧人的人一定是很溫柔的，所以，我選了小白兔，白白軟軟的，你喜歡嗎？」

朋友感動的說：

「當然喜歡了，好可愛的禮物。我回英國去，就把所有的鑰匙都掛上，每打開一扇門，就想一次你。……眞謝謝啊……」

女兒高興得又蹦又跳地下樓去了，留下兩個女人在飄著咖啡香的屋裡領受著比咖啡還要香醇的情誼。

——原載民國八十年二月三日《中華日報》《中華兒童》

多倫多的天氣

從去年夏天起，每到電視新聞接近尾聲，女兒總是急急從房裡出來，在電視機前正襟危坐，等著看氣象報告，尤其是播報國外氣象時，更是屏氣凝神，一再叮嚀我們保持肅靜。先前，我還以為是學校的地理作業，直到有一天才注意到她喃喃自語：

「變冷囉！跟我們這兒差十幾度了！」

我丈二金剛摸不著頭腦，問她：

「哪裡變冷了？」

「多倫多啊！你不記得我以前那個同學陳怡君啊！她們移民到多倫多去了。我看氣象報告，就知道她今天一定要穿長袖衣服了。媽！你知不知道他們多倫多的中學生是不穿制服的吔？」

「眞的嗎？那不是太好了！可以打扮得漂漂亮亮的。」

我一邊回答著，一邊端詳著我那深情的女兒。她垂下雙睫，靦腆地說：

「我好想念她哦！她以前在學校都對我好好哦！不知道她在多倫多的新學校有沒有交到新朋

友？會不會很寂寞？」

其後，只要看到有關多倫多、甚至加拿大的任何報導，電視的、報紙的、雜誌的，哪怕只是一張圖片或一句話，她都興奮地談個沒完，家裡閒置已久的地球儀又重新被搬出來了，地理課本裡的加拿大也被翻出來畫上粗粗的紅線，過期的旅遊雜誌重新找出來剪貼，小時候為她買的《楊小妹在加拿大》每天放在枕邊，一讀再讀。加拿大的多倫多原只是地理課本上一個死的名詞，卻因為一位朋友的移居此地，而成為女兒心目中一個鮮活的城市，她對它瞭若指掌。我見她癡心想念，一回忍不住提醒她：

「既然你這麼想她，為什麼不寫信給她？」

她害羞且惆悵地答說：

「我不知道她是不是還記得我？即使她沒忘記我，我也不確定她是不是和我想念她一樣的想念著我？」

女兒的情深意重，常教我擔心，在這樣一個腳步匆驟的時代裡，深情常伴隨著傷害，我不知道如何來告訴她世事無常，情感易放難收，隨時得注意收支均衡，才不致創痕滿身。

一年多以後的一個黃昏，女兒從學校回來，顯得有些沮喪，她抑鬱地告訴我：

「暑假時，我們班的劉媛去多倫多玩，看到了陳怡君，她好像已經忘了我們了，都沒有問起我們……」

我背過身子，什麼話也沒說，因爲實在不知道拿什麼話來安慰她。

那天晚上，氣象報告時間，一如往日，女兒依然準時出現在電視機前注視著多倫多的天氣。

——原載民國八十二年十一月二十二日《中國時報・人間副刊》

那年夏天

那年夏天，二哥不知從何處弄來了部照相機，舉家歡喜異常。大熱天裡，興匆匆地穿衣打扮。我在鏡前端詳又端詳，堅持把一頭長髮披下，紮上母親用剩布所縫製的黃色髮帶。在八月盛開的鳳凰花下，與母親、三姊攝下一幀照片。照片送洗，我天天巴望。多天之後，取回一看，不禁懊惱不已，爲著衣著雖然光鮮，卻忘了換下腳下趿著的木屐。難得的一樁盛事，因之成爲生命中小小的遺憾。

前些日子，女兒無意間翻出了這張照片，直羨慕我的一頭長髮，並再三抗議我日前爲圖方便把她剪成了齊耳短髮。我只好抱歉地朝她說：

「只能怪你的媽媽沒有我的媽媽能幹。」

在念初中以前，我是一直留著長髮的。六年級下學期開學，爲了聯考，功課壓力加重，其緊張程度，幾近倒數計秒。很多女同學因爲沒時間整理，天天首如飛蓬來去，老師於是勒令剪短，全校獨獨我一人獲得特准蓄髮，理由是：

「廖玉蕙不同，她每天梳得整整齊齊的。」

至今仍記得，當時每天清晨即起，母親除打掃庭院、準備早餐及午餐的便當外，另一項例行公事就是爲我打理長髮。母親的方式固定而缺少變化，除了馬尾，就是雙辮。我常要求她變化花樣，她總是說：

「小孩子只要乾淨整齊就好看！」

紮辮子時的母親是凝肅而專注的。而我或者正喝著稀飯，或者正看著書，偶爾因爲東張西望，妨礙了母親的動作而腦袋瓜子挨上重重一敲，也因之而常含恨上學，完全不知體恤母親的辛勞。

如今，歷史重演，女兒也常爲此挨罵，我爲避免傷了和氣，乾脆剪了她的長髮，以求一勞永逸。這種方法，看似聰明，實則取巧，在女兒頻頻的惋惜聲中，我一方面爲自己的偷懶暗自感到慚愧，一方面則不忘在臉上妝點出岸然的神色，學她外婆說：

「小孩子只要乾淨整齊就好看。」

——原載民國八十年二月號《文訊》雜誌

心疼

傍晚，女兒下課，我正在廚房忙著晚餐。女兒照例於一旁絮絮叨叨地報告一日來的校園經歷——上自校長訓話，下至個人恩怨，可謂鉅細靡遺。說著，說著，女兒捧出了便當盒，吐著舌頭，心虛地說：

「今天忘了把便當帶到學校去，中午沒吃便當，肚子好餓。什麼時候可以吃晚餐？」

我接過沉沉的便當，打開來，果然原封不動，有點兒不高興，沉著臉問道：

「有沒有帶錢在身邊呢？」

「有！」女兒高興地答著。

這倒稀罕了！女兒一向大而化之，每次讓她帶些錢在身上應急，她總嫌麻煩，這回倒出乎意料之外。

「多少錢？」我接著問。

「五元。」她天眞地回答。

我真是被她氣死了，五元能做什麼？

「那你是沒吃午餐囉？有沒有向同學或老師借錢去吃午餐？」

女兒看我有些生氣，怯生生地說：

「有啦！一位同學送我一小塊她的三明治。」

真拿她沒辦法，這小傢伙從小丟三落四，我也不好意思太責備她，我自己不也常忘了把便當帶到學校去嗎？只是難免有些心疼，正在發育的孩子，午餐只吃個小小三明治哪裡夠！於是，急急端出晚餐，一面交代下回要想辦法去買東西果腹。

女兒添好飯，又轉到玄關，捧了個保鮮盒出來，小聲地說：

「爸爸做的早餐也沒帶去，放在同一個提袋裡。」

保鮮盒裡有半盒乾麵，上加一個荷包蛋。我一看不禁來氣，午餐只吃個三明治也就算了，居然連早餐也沒吃，我又心疼又生氣，虎著臉，恨恨地說：

「這麼說，你早上就發現沒帶便當了，爲什麼讓自己連餓兩頓，也不知道想辦法解決！你眞是讓人生氣吔！」

女兒低著頭沒說話。我聯想起就爲了女兒吃不慣外頭賣的早餐，外子一早起來，在廚房又煮麵、又煎蛋，搞得手忙腳亂的。她居然沒帶去，愈想愈氣，不免重話出口：

「你自己想想看，爸爸趕在上班前，匆匆忙忙爲你做早餐，你就這樣把它擱在家裡，現在只能把它倒掉，你怎麼對得起爸爸！」

聽到這兒，一向體貼的女兒不禁淚流滿面，一碗白飯差點兒吃成了稀飯。

吃過晚飯後，和女兒兩人同在書房看書，我對剛才的失態頗有幾分懊悔。女兒平日也算乖巧，偶爾一次犯錯，就受如此嚴厲的責備，似乎有些小題大做。於是，我放下書本，和顏悅色的和她溝通：

「你知道今天媽媽爲什麼那麼生氣嗎？」

「知道。因爲便當沒帶，最後都倒掉了，太浪費了。」

「還有呢？」

「還有早上就發現沒帶便當，卻沒有設法跟老師或同學借錢訂便當，沒有應變能力。」

「還有呢？」

「還有辜負了爸爸的一片苦心。」

「還有呢？」

女兒楞了一會兒，想了一想，茫然地抬起頭，說：

「其他就不知道了。請媽媽告訴我。」

我長歎一聲，畢竟是孩子，再是體貼，也沒辦法充分了解做媽媽的心。我於是柔聲說：

「是心疼你啊！兩頓飯幾乎等於是沒吃，那不是餓壞了！」

女兒聽了，不禁放聲大哭起來，頻頻說：

「媽媽！對不起。」

臨睡前，我把這事告訴外子，說到女兒對我所提問題的三個回答，不禁感慨萬千地說：

「她居然遺漏了最重要的一點。」

「是什麼？」外子也如女兒般茫然地問。

在洗手間裡正刷著牙的兒子也好奇了，含著牙刷跑出來，語焉不詳地忙問：

「到底還有什麼理由，我也想不出來吔，媽！趕快宣布謎底吧！」

這些人！我氣了，對牛彈琴哦！當我宣布了「心疼」二字時，兒子笑得前俯後仰的走了，臨走還不忘老氣橫秋地加上一句：

「太好笑了！誰想得出來！你們女人哦！」

這件事一直讓我耿耿於懷。過沒幾天，母親由中部北上，我和她聊到這件事，謎底還沒說出哪！母親邊啜著咖啡，邊閒閒地說：

「怎麼會想不出來呢？當然是心疼她沒吃東西啦！做媽媽的哪一個不是這樣的呢！你還記得吧！你念中學時，為了到租書店租小說看，老把午飯錢省下來沒吃，傍晚，黑著眼圈回家，還不是常挨我罵，那時候，你還嫌我煩哪！是不是。唉！做媽媽的心哦——」

——原載民國八十二年十一月二十四日《中央日報》副刊

看錄影帶的晚上

八〇年，九月三日・臺北

火車從山腳下徐徐行過，尖銳的火車鳴聲畫過小鎮謐靜的屋宇。老夫婦兩人閒閒地收拾行囊，遠赴東京去探望在外謀生的孩子們。夜宿兒子擁擠的屋裡，媳婦、兒子客氣得幾近生分地道過晚安，逕自回房安歇去了。夫婦兩人猶自搖著扇子，坐在榻榻米上，謙抑地閒話家常，遠遠隱約傳來汽船的笛聲……

昨日深夜，母親和我兩人，靜靜地觀看小津安二郎的《東京物語》錄影帶。簡淨家常的畫面，平實自然的推展著劇情，卻處處牽引著人們心靈最深處的似水柔情。

飽受兒女委屈卻也同時領受守寡媳婦殷殷款待然後從東京回去的老太太，像是完成了人生最終的心願似的，因病而昏迷。輪到散居各地的兒女分別星夜趕回。在晨曦中，全家圍坐，眼睜睜地端詳著老母一點一點地向死亡接近，輕薄的陽光，似煙似霧，環伺在側的人，一句話也沒有。

我的淚也靜靜地流了下來，我想到了四月甫過世的父親，也是同樣地，在兒女的環繞下，一步步走向遙遠的地方，只是，伴隨父親逝去的，不是晨曦，而是夕陽。那般哀傷的心情，至今仍如此明晰。

喪禮過後，兒女們紛紛向老父告辭，強抑悲傷的老父只惆悵地喃喃說道：

「是嗎！啊……是嗎！」

輕淺的笑容背後，有著死別之外的心酸。

我的淚再也忍不住奔流而下。想起當時，我們兄妹多人亦因工作不能長期耽擱而竟在一日之間，全部北上。如今想來，那夜，母親坐對一室的空曠和父親靈位前繚繞的香煙，是什麼樣一種悲痛難抑的心情？難怪，在次日的黃昏，電話中傳來母親泣不成聲的悲訴：

「我好想你爸爸啊！……」

悲痛失控，聲如裂帛。我拿著電話筒的手不禁激烈的狂顫起來，亦和母親般涕淚淋漓。而如今想來，當時只為自己失怙而掩泣，其實，並不能完全體會母親乍然喪偶的傷慟和孤單。如今，藉由小津的娓娓鋪敘及酣暢淋漓的展現，我因之有了感同身受的體會。

電影在靜靜停泊的船隻遠景中結束。

母親和我，各自起身，一句話也沒說，甚至連道晚安也沒有，各自靜靜地回房，我一夜無眠。今晨起來，母親兩眼浮腫通紅。

——原載民國八十年十月十二日《中華日報》副刊

快樂地走進廚房

小時候，放學了，我總是一路喊著進廚房找母親；長大後，每一回從外地返家，也還是迫不及待地一頭鑽進廚房和母親閒話家常，母女間許多的貼心話都是在廚房嗆人的煤煙或隆隆的抽油煙機聲裡相互吐露。記憶中，母親過去的多年歲月，似乎大部分都在廚房裡度過。

在廚房中的母親是一逕的優游不迫。從十四歲嫁爲人婦到如今的五十餘年時光，除了少數外出就食的機會外，母親一直緊守著那塊主中饋的陣地，從買菜、揀菜、洗菜、配菜到做菜，有條不紊地、駕輕就熟地逐一進行著，精確地掌握著全家人的口味。在廚房中的母親神情愉快，常常是邊炒菜邊哼唱著歌曲，大概是她年少時學來的日文小調，有時則是目前電視上流行的連續劇主題曲。有一回，我們回臺中去，兒子大驚小怪地由廚房奔出，偷偷告訴我們：

「外婆邊炒菜，邊唱國旗歌吔！」

我們潛至廚房外往裡望，果然看見母親拿著鍋鏟的手隨著國旗歌的旋律起落翻動，莊嚴的國旗歌因之呈現了更爲動人的風采，我們不禁全笑倒了。

婚後多年，因爲教書和家事兩忙，常常不免爲繁重的廚房工作而暗暗叫苦，看到母親數十年如一日的快樂做飯，心裡總覺納悶。一回，我就問她，難道做了那麼多年飯，竟是一點也不覺厭煩嗎？母親微笑說：

「哪會？有飯可以煮，又有人回來吃，就是一種幸福啊！」

我當下肅然。這句話裡，有歲月的滄桑，有現代人逐漸遺落的惜福觀念，沒有受過高深教育的母親，從來不曾和我們說過什麼大道理，但是，這句看似尋常卻充滿了生活智慧的言語，眞是深深地打動了我。

有一頓可口的飯菜吃，固然是一種快樂，做了飯後，可以期待親人回來共享，又何嘗不是另一種幸福？母親那個年代的人，不擅於口頭上的溫言婉語，甚至不長於用肢體語言表達愛意，她對愛的最直接表達就是在廚房裡準備一頓好菜好飯，靜候丈夫及子女回家後的大快朵頤。以愉悅的心情做飯，正是對餐桌上的團聚的珍攝與期待。所以，與其說母親喜歡做飯，毋寧說母親看重聚首。

忙碌的現代人愈來愈少回家吃飯，強調自我的婦女愈來愈不耐煩走進廚房。因爲物質生活富足，吃飯變成負擔，因爲生活步調搶攘，做飯形同累贅。在廚房裡，我們經常看到煩躁吆喝的母親，在飯桌上，則是皺眉嘟嘴的孩子。缺少了一顆惜福謝天的心，做飯、吃飯都成爲生命中不可承受之輕。

從那以後，我開始換上另一種心情進廚房，黃昏的那段時光果然眞成了全家最企盼聚首的時刻，炒菜聲和兒女爭相報導校園風光的嬌稚童語，爲一天的辛勞畫下了休止符。我學著母親舒徐有致地進出廚房，懷著慶幸珍重的心面對忙迫的家事。相較於母親爲人婦的那個艱困的年代，既無面臨斷炊的恐懼，又有絕對無可挑剔的全套電器化設備，身爲現代婦女的我，又有什麼樣的理由來抱怨生活的煩瑣與不堪？這樣轉念一想，似乎便海闊天空，終至有一天，女兒在廚房外探頭進來和我說：

「媽！我覺得你越來越像外婆了吔！這幾天，我發現你做飯的時候也一直在唱歌吔！」

——原載民國八十一年五月九日《中央日報》副刊

示愛

女兒常常對我灌迷湯，我文章寫好了，念給她聽，她總是再三讚歎：

「媽！你寫得眞好！你眞的好棒哦！」

聽完還不算，甚至再把稿子拿過去，自己再看一遍，一副愛不釋手模樣，使我的虛榮心得到最大的滿足。不像她哥哥，只要我寫完一篇文章，欠起身，他一定慌慌張張逃走，邊逃邊說：

「我不想聽，千萬別念給我聽，也別教我看，我受不了！」

偶爾買了新衣，在鏡子前顧影自憐，女兒總在一旁全程參與，並不厭其煩的給我打氣：

「這件衣服眞好看，以後你不穿了，不要送別人，就送給我好嗎？」

「哇！媽！你的身材眞不錯哪！我們同學的媽媽，很多都胖得變形了吔！」

而她的哥哥可就大不相同了。非但讚美的話絕不肯出口，還在一旁潑冷水：

「媽！你別信妹妹的甜言蜜語，你要眞信了，就是自甘墮落。」

「妹，你眞會諂媚欸！也不怕閃到舌頭！」

他形容妹妹對媽媽是「死忠」，他說：

「還不只是『愚忠』，根本是『死忠』，九死而無悔的那一種。」

然而，不管是否是死忠，女兒甜蜜的言語的確讓人頗爲受用。我的抽屜裡，充滿了各式各樣的卡片，上面寫著：

「我好驕傲有一個好媽媽。」

「今天雖然不是什麼節日，但在我心中，每天都是母親節，雖然只是一張小小的卡片，卻代表我無限的謝意。」

「…………」

家裡的白板上，不時地會出現一些道謝或道歉的話，甚至一些示愛的文字。有時，在學校上了一天課，筋疲力竭的回家，看到女兒上學前在白板上留了這樣的話：

「親愛的爸媽：您們辛苦了！我愛您們！　女兒敬上。」

霎時間，疲累全消，覺得人生並不全然毫無意義。

那年，父親過世已有一段時日，母親心情抑鬱，寡言少語。爲了解除她的寂寞，我們接她北上和我們同住。母親一向手腳伶俐，在那一段時日裡，她總是搶著幫我做飯，我當時除教書外，還得去上博士班的課程，有了母親的幫忙，的確讓我少操了不少的心，不論是工作上或精神上都受益良多。

一日，我在中正理工學院教完早上四節的課，又趕著下午兩點去東吳當學生。在驅車回家的途中，我想到這些日子來，每次急慌慌踏進家門，母親總會及時端出熱騰騰的新鮮飯菜，相較於以往的潦草的微波餐，有母親在的日子，實在是太幸福了。而我儘管早就有這樣的感覺，爲什麼從來未曾向母親表達內心的感受呢？我不是常常因爲女兒的甜言蜜語而覺得精神百倍嗎？難道我的母親就不想聽她女兒的感謝嗎？我是不是應該學學女兒，勇敢地向母親「示愛」呢？

車程滿長的，我有足夠的時間來培養勇氣。在我的生命歷程中，從來沒有向長輩示愛的紀錄，開口說這樣的話的確需要時間來培養。我決定一進門就啓齒，然而，當房門一打開，母親綻開笑靨，朝我說：

「回來啦！吃飯囉！……」

我突然一陣害羞，因之錯失了最好的時機。我教書十餘年，演講無數次，從來沒有一次像這次這般艱難。我覺得有些懊惱，決定再接再厲，我安慰自己：

「沒關係，第一次總是最難的，跨過了這一關，以後就簡單了。」

吃飯時，我一直在伺機行動，以至於顯得有些心不在焉，幾次答非所問，母親奇怪地問我：

「你今天是安怎？爲什麼奇奇怪怪？」

我開始佩服女兒了，怎麼她能把感情表達得如此自然，一點也不疙瘩，而我卻這般費力！飯吃完了，我還是沒說，心裡好著急，再不把握機會，這句話恐怕就只好永遠藏在心裡了。

碗一放，我低頭看著碗，勇敢地說：

「媽！我覺得自己好幸福！四十幾歲的人，中午還有媽媽做了熱騰騰的飯菜等我回來吃。」我頭都不敢抬地很快地說完這話，也不敢去看母親的表情，便急急地奔進書房裡，取了下午要帶的書，倉卒奪門而去，心情比當年參加大專聯考還緊張。

那天傍晚從學校回來，母親已在廚房忙著，我悄悄打開門進屋時，發現自從父親過世後就不曾再開口唱歌的母親，居然又恢復了以前的習慣，在廚房裡邊打點著菜，邊唱著歌。

——原載民國八十二年十二月《中央日報》副刊

彩筆揚春

成家以前，除了幾位敬愛的師長外，我很少主動寄贈賀年卡。結婚那年，因爲聖誕節猶在我們的婚假期間。在兩天不甚愉悅的蜜月旅行後，我們便窩居在家。平常忙碌異常，突然要面對幾個完全空閒的日子，倒眞有些不知所措。兩人突發興致，買了些空白卡片紙，便開始製作大批的賀年卡。

原先是我磨墨、調顏料，外子執筆畫圖，兩人一起想賀詞、簽名。後來，我禁不住技癢，趁混亂之際，偷偷害羞地依樣畫葫蘆，試了幾張。外子客套恭維兩句後，我便老實不客氣地和他分庭抗禮，揚棄跑龍套的書僮地位，正式自任女主角起來。

那時，我們住板橋。當時的板橋有著濃厚的邊陲城市的風情。道路挖得千瘡百孔，整個城市籠罩在塵灰中，窗外成天鑼鼓價響，三天兩頭有布袋戲在巷子裡搭臺演出，遠處不時傳來歌仔戲的哭腔，一位賣膏藥的攤販，固定在樓下走廊上用麥克風吆喝。我們把這些嘈雜髒亂全擋在外頭，兩人興頭十足地毛筆、水彩筆齊揮，大概足足發出了上百張的卡片。

多年後，我在一位老朋友的書桌玻璃板下，赫然發現了一張當年外子繪製的卡片，朋友喟然歎道：

「時間過得眞快呀！這張卡片我足足保存了十多年，是我到目前爲止所收到的唯一一張朋友手繪的卡片，所以特別珍惜。……什麼時候才能又收到你們親製的卡片呢？」

我打開檯燈，仔細重閱那張卡片：花鳥俱已失色，卡片也已發黃，花鳥旁的空白處是我寫的一些熱情洋溢且充滿文藝腔的字句，我於赧然失笑之餘，也不禁爲朋友的深情厚意而感動萬分。

婚後第二年，我們搬家到龍潭。就在結婚紀念日當天，我在臺中的醫院，生下了兒子，並繼續留在臺中坐月子。外子懷著又高興、又寂寞的心情獨自回龍潭，那年聖誕節，我得到外子親繪情文並茂的賀年卡，這也是我平生所收到的第一張手製賀卡。我捧讀卡片，不由熱淚盈眶。揣想著一向木訥寡言的外子，在那個仰首即可望見滿天星斗的書案前，是懷抱著何等喜悅的心情來細細描繪他初爲人父的激動。

婚後第四年，外子負笈海外，那年聖誕節，室友出外徹夜狂歡，他一人獨據案頭，爲兩歲的兒子及甫出世，尚未謀面的女兒繪製一幅幅生動精美的動物圖片，有斑馬、小熊、大象、小鹿、小白兔、小木偶、小黑貓、大笨狗、米老鼠……等，直到天濛濛亮，才倦極伏案睡去。在給孩子的信上他說：

「爸爸是這樣的想念含含、文文和媽媽。這些畫你們喜歡嗎？請媽媽貼起來，希望能趕上元旦前收到，就算是爸爸的賀年卡吧！」

兒子高興地拿著畫，在屋子裡四處奔跑，嘴裡直喊：

「給含含的賀年卡，我爸爸的。」

晚上睡覺時，還捨不得放下，直抱在胸前。

第二天，我鄭重地把這十二張十六開大的水彩畫，一一貼在孩子房裡的牆壁上。孩子很快地轉移了注意力，不再對這些畫感到興趣，倒是我，每當辛苦地工作或寫作告一個段落，便會坐到這些畫的前面，仔細一一端詳。想到風雪交加的聖誕夜晚，孩子的爸爸忍受著萬里投荒般的噬心寂寞，裹著厚重的毛毯，一筆一筆地把他的愛一股腦兒畫進了圖片裡，就覺得再大的苦都可以咬牙撐過。

接著，兒子在四足歲那年的聖誕節前夕，跌跌撞撞地從幼稚園攜回一張畫著長髮女人的卡片，卡片上拙稚地用注音符號寫著：

「ㄨㄛˇ ˙ㄉㄜ ㄇㄚ ˙ㄇㄚ ㄕㄥˋ ㄉㄢˋ ㄎㄨㄞˋ ㄌㄜˋ！」

我又笑又叫地捧給外子看，外子既高興又無限驕傲地說：

「你看！畫得多好，果然是有其父必有其子，你看好了，這完全是我的遺傳，將來一定青出於藍。」

當然，過不了幾年，就證實了這番話完全是做父親的毫無理性的癡心話。不過，從那年開始，兒子便完全取代了外子取悅太太的任務，外子因之正式封筆，迄今十年。而我仍年年癡癡盼望，盼望哪天外子能不再以忙碌爲藉口，重新用彩筆畫出昔日的熱情。

——原載民國八十二年一月二十四日《中央日報》副刊

最初的玻璃絲襪

寂寞的童年裡，最大的快樂，就是躲開眾人，獨自在閣樓上作白日夢。我一向器小度窄、格局不大，因此，夢想也少有瑰麗的色彩。但是，即使如此卑微的夢想，在當時也覺遙遠而希望渺茫。

說來慚愧，我的夢想多半伴隨著生活上的挫折而來，自私委瑣，缺少高尚的動機和偉大的抱負。記憶中，第一個印象比較深刻的夢想是渴望擁有一雙屬於自己的玻璃絲襪。小小年紀的我因爲偷穿而弄破了母親視若至寶的絲襪，遭了一頓狠揍，淚眼迷離中，看見母親眉頭深鎖地跪坐在榻榻米上，滿頭大汗地用指甲油設法修補，這也是我有生以來第一次感受到物質窘困的悲哀。其後，因爲在聯考備戰期間，屢次偷看言情小說被逮，因而接受嚴厲的懲處，我在口服心不服的狀況下，夢想將來脫離管束，必想法開間租書店，鎮日看浪漫奇情小說，別的什麼事也不做。

許多的夢想隨著歲月的流逝而如曇花般一現即去，唯獨一個不切實際的白日夢卻整整盤踞在心頭近十五載。約莫小學高年級時，我瘋狂地沉迷於瓊瑤的小說世界，連帶地對文中男女主角充滿詩情的名字豔羨不已，因之，也開始對自己俗氣的名字感到自卑嫌惡。當我為此事向父親表達強烈的不滿後，父親悵然地說：

「我以為『蕙』是一種很香的草呢！早知道你不喜歡這個名字，我當初就應該選擇算命先生給的另一個名字，叫『玉尺』，兩個名字聽說筆畫都不錯。」

我聽了，不禁出了身冷汗，倒真慶幸父親當年確實做了明智的抉擇，總算是不幸中的大幸。其實，後來我也慢慢覺悟到，癥結所在，根本不在於取了什麼名字，而是姓了「廖」以後，再雅的名字也將遜色幾分，改名字容易，改姓可就成了大問題。

打小讀書，念過無數的民族英雄，似乎從來就不曾有過姓「廖」的，好不容易在《三國演義》裡讀到「廖化」，卻只是「蜀中無大將」時，才能當先鋒的二流角色；近代史中雖也有個「廖仲凱」，卻也不像八指將軍黃興那般家喻戶曉，加上既沒製作過黨旗，也沒寫過〈與妻訣別書〉，在歷史課本上，似乎僅聊備一格而已。年幼的我，當時所認識的姓廖的人，盡是戴斗笠、穿汗衫，在農地上辛苦耕種的宗親，又土又俗。在那般愛臉又虛榮的年歲裡，眞是打從心眼裡不喜歡自己的姓。

從十二歲那年，在一個偶然的機會裡，知道結婚後的女子可以改冠夫姓，我便開始熱切地盼望能嫁個姓「白」或姓「仲」姓「方」的男人，再不濟事，姓「孟」或姓「陸」也無妨。十五年後，我這個最後的夢想也隨之破滅，我嫁給了一位姓「蔡」的男子。依我看來，「蔡」比「廖」

更糟糕，不管你用國語、臺語或日語念起來，都沒有一點美感，堪稱一般「菜」。當我的兒子從學校陸續頂回來「蔡頭」、「蔡閨」、「蔡包子」等綽號時，我終於省悟「廖」姓的可愛。從那時起，我變成一個無歌也無夢的人。

——原載民國八十二年二月二十八日《中國時報・人間副刊》

端詳歲月

——給吾友宣北

人愈長大，愈發現生命的無奈。現實的社會裡，似乎什麼也無法掌握得住。我是個癡人，儘管在過往的歲月裡，曾經無數的摧折，卻仍對人世不改癡心，奢侈地冀望抓住一些比較重要的東西。雖然熱情奔放，有時卻又踟躕不前，這是矛盾。

謝謝你的來信，這對我很重要。

不諱言的說，看你的信時，我曾當著兩個孩子的面，無法抑制的涕泗漣濡。幾乎破滅的理想瞬間又燃起了火花。自從得知了你的消息後，我不斷的自問，到底追求些什麼，如今才真確的明白，原只是一份對童年的追懷。我曾在那樣慟不欲生的噩夢裡浮沉，童年對我而言是一張黑漆漆的畫面，而你是那上面一點光亮的星光，一個人在毫無希望的黑暗裡追逐光亮的心情，你應該可以體會。

然而，二十多年的時空，到底是無法彌補的，你比我看得更清楚。我們再也無法像昔日一般把臂談心。談些什麼呢？過去的歲月甚至已經模糊，空白的二十四年，各有各的滄桑。我們只能在人群裡遙遙相望，甚至不敢明目張膽，只能偷眼端詳歲月的痕跡，而未來？未來究竟又是如何？你的數學，我的文學，如何尋得交集？想到這裡，眞有些恨吔！二十四年太久了啊！為什麼你不早些尋到我，就算是五年前也好，那時，也許我還有接受挑戰的勇氣，如今，銳氣全無，俗氣滿身，就算想找你出來喝一杯咖啡，都要張皇失措。而你，看起來也不比我好，連給我撥個電話都不敢，對嗎？如果我們單獨見面，恐怕兩人都只好回家面壁思過。很慘吧！

你的來信，使我有勇氣寫這樣一封信，你知道嗎？這意義重大，我覺得自己像在寫情書，而實際上，恐怕眞的是一封情書，一封我有生以來寫過的最大膽的信——給我思念了二十多年的摯友。

我還是沒有放棄請你喝咖啡的念頭，我正在草擬對白，培養勇氣。祝福。

——原載民國八十二年七月三日《中國時報・人間副刊》

通往圍城的道路

七〇年代，正好是我生命歷程中最熱鬧繁華、變數最多的季節。在這時期裡，經歷了談戀愛、相親、結婚等階段。七〇年代一結束，所有的急管繁絃皆歇，我一個跟頭栽進了奶瓶尿布堆裡，就此走入了無歌也無夢的柴米油鹽中。

七〇年代對我們這個年齡層的人來說，意義重大，因爲那正是我們愛情萌芽、發展，或者出師未捷；或者中道崩殂；或者功虧一簣；或者越挫越勇，以致躍馬橫戈、直入圍城的歷史紀錄。每個人回想起這段生命中羽扇綸巾、雄姿英發的日子，都有一籮筐風雲詭譎的記憶。

我不大清楚當時的人都是怎麼談情說愛的，那時候一切唯我，根本管不了旁人是個什麼狀況。我只知道，當時的我，是靠著不斷的唱歌來表現愛恨怨嗔，靠著不停的寫日記來記錄憂傷喜樂的，而所有的傷春悲秋，全圍繞著愛情這個課題上轉。

也不知當時是怎麼那麼喜歡唱歌的。從〈花非花〉唱到〈藍色的夢〉，從〈清平調〉唱到〈癡癡地等〉。高興的時候，在街心哼著，覺得整個人快樂地幾乎可以飛起來；悲傷的時候，躲在屋裡，一首〈雨夜花〉一定直唱到涕泗滂沱、痛不欲生才甘休。幸而因爲喜歡唱歌，悲哀快樂，都有出口，幾場驚心動魄的失戀，才沒有釀成玉石俱焚的悲劇。

那天，因爲找東西，無意中翻到了七〇年代的日記，發現裡面充滿了不復記憶的符號：A、B、C……甲、乙、丙攪得我自己都如丈二金剛，如：

「微雨中，從窗口看見T拾階而上，面色憂然。我心中一緊，想到A的叮囑，不禁愁腸百轉。也許A的顧慮是對的，S不就是一個最好的例證嗎？那天在C大，S告訴我，她的男友……」

「今天被S氣死了！讓我等了那麼久，男子不守時，罪不可赦。……」

日記中，ABCD……所代表的人物、地點、事件隨著時間的不同而改變著，如今重新閱讀，竟是一點也不復記省，當時，恐是怕日記爲人偷窺而洩漏了祕密吧？沒想到，多年後，風狂雨驟都成了過眼雲煙，當時如此牽腸掛肚，九死無悔地對待的人都眾生平等地在歲月的沖刷下淪爲一個茫昧的記號。時間眞是可怕！

從日記中看來，七〇年代的愛情較之今日，恐是要多一點裝腔作勢和纏綿，而少了些速度和抽刀斷水的果決。不過，無論哪個年代，愛情總是讓人思之熱血澎湃。

——原載民國八十二年七月二十日《中國時報·人間副刊》

音樂會

隔壁的歐巴桑從好些天前，就猛在我面前炫耀著即將進國家音樂廳聽音樂會。她難抑驕傲卻又極度想表現謙虛地說：

「國家音樂廳捏！你敢有去過！聽說，裡面極水捏！本來無想要去的啦！阮兒子強強叫我去，無法度！」

爲了增加她的快樂，我總是配合她的話，睜大雙眼，做出無限羨慕的表情，並表示自己哪有那麼豪奢的機會。每回，我下班回家，她總是眉開眼笑的踱過來向我預告登「堂」的日期。

音樂會舉行過後的次日，我不等她過來，主動問她結果，她笑得眼睛都不見了，說：

「哇！實在有夠讚！極水咧！我從來不曾看過這樣水的禮堂！一層又一層，你攏不知！啊！你一定要找機會去，無多少錢！眞的。」

爲了讓她更高興，我故意興味十足地問：

「是聽什麼音樂？」

「麥仔鈴啊！」

「是大提琴，抑是小提琴？」

她露出迷惘的表情，用手比畫著大小，說：

「這尼大啦！不知安捏算大的，還是小的。」

我忍住笑，又問：

「是誰的演奏會？」

「那會知！也不知是誰的。」

「是男的，還是女的？」我又問。

歐巴桑有些不耐煩的回說：

「那會知！頭髮長長的，像查某的，但是，又穿西裝，也不知是查甫的？抑是查某的？」

我忍不住笑出聲來，歐巴桑顯得有些懊惱，不過，隨即振奮起來，苦口婆心地勸告我：

「你一定要找機會去聽一下，眞的，極好聽咧！去聽音樂會的人看起來攏極高尙咧！」

我邊進屋裡，邊想起有一回，和兒子一起去聽完傅聰鋼琴演奏會出來，兒子很權威地批評說：

「我覺得傅聰的鋼琴沒有表姊彈得好……不過，我只打瞌睡了五分鐘而已。」

他的表姊當時才上小學六年級。

——原載民國八十年十月十三日《中時晚報．時代文學》

便當聯想

一日，站在陽臺上往下看，一位約莫小學三、四年級模樣的小男孩兒正打從巷子裡經過。孩子背上揹著鼓脹的書包，手上拎著便當袋，肩上還搭著脫下的外套。由他滿頭大汗的模樣看來，似乎剛和打鬧的同學分手而顯得意興闌珊。我正要移開視線，突然見他又往回走，到剛才經過的一個餿水桶旁，停下來，把便當由袋內取出，打開，把裡頭的剩菜、剩飯一股腦傾倒出來。由倒出的飯菜的量看來，我幾乎可以斷定那個便當根本是原封未動。倒完後，他粗糙地又把便當擠回袋內，從從容容地走了。

站在陽臺上目睹了這一幕的我，不禁啼笑皆非。我可以想像到這位男孩兒的母親打開空便當時嘴角所露出的滿意的微笑。男孩兒必定是不耐母親的嘮叨而想出這樣欺騙大人的手法的吧！我當然同時很快地聯想起我爲孩子們絞盡腦汁所準備的便當，是不是也遭遇到和那男孩的便當同樣的下場！

我由是想起小時候帶便當的經驗。

因爲家裡窮，小時候帶的便當一直很寒酸。茄子、高麗菜是最常帶的菜色，有蘿蔔炒蛋算是加菜，如果幸而多了塊白帶魚就要高興半天。爲了怕讓同學看到便當裡的寒酸相，吃便當時，通常僅打開一小縫，然後，盲目地拿調羹往裡頭挖，挖到什麼便吃什麼。

關於吃便當，一直有一個深刻的記憶在腦海中揮之不去。初中時，鄰座是位醫生的女兒，她的便當非比尋常。她從來不必把便當蒸得跟抹布味道似的，總有專人在第四節下課後把熱騰騰的便當及時送來。一直到現在，我都還清楚地記憶著她那只白底小紅花的便當袋。每天中午，她從校門口接回便當後，我通常已經開始了我的「挖食」工作，她總是慢條斯理且不太情願地打開便當袋，首先映入眼簾的，不是紅豔豔的大蘋果就是時鮮的柿子、枇杷、蓮霧等，在那個艱困的年代裡，這些水果是極爲稀罕的珍品，窮人家的孩子根本吃不起。接下來的固定動作便是掀開便當蓋，然後長歎一聲：

「討厭！又是雞腿！」

接著，ㄍㄨㄥ　ㄌㄨㄥ一聲，把便當給蓋上，拿著零用錢上福利社吃切仔麵去。

「討厭！又是田雞腿！」「討厭！又是排骨！」「討厭！又是紅燒肉！」……每日中午，她不斷地用嫌惡的語調重複的抱怨，我則看似正襟危坐，一副目不斜視的道貌岸然模樣，事實上是不時地用眼睛的餘光去掃射那個被遺棄的便當。有時，便當沒蓋好，還露出誘人的香味，我一邊挖著自己乏善可陳的飯菜送進嘴裡，一邊常在心裡怨歎著老天的不公平。

那一段時日裡，每到中午時分，我便開始等待這樣的折磨。我不斷揣想那個豐盛的便當在黃昏被原封帶回家去後的下落，一定是被倒進餿水桶吧？像那樣富裕的家庭！炸得澄黃的雞腿被整隻丟進餿水桶的想像，使得我憤懣難當。有人如此糟蹋食物，也有人在飢餓中煎熬，這樣的世界，怎能教人心平氣和！「討厭！又是雞腿！」的聲音逐漸變成一種難堪的折磨，地老天荒般地在正午時分向我壓迫，使我原本對人世充滿的諸多憧憬，一點一滴地消蝕殆盡。

後來的許多日子裡，我開始沈湎在一種荒謬的假設裡。我幻想，有一天，或許我的這位朋友會突然想起，並請我享用那隻雞腿或那塊排骨。那時，我一定要堅貞的加以拒絕，臉上的表情一定不可露出欣喜之色，態度必須絕對的堅定，連拒絕的言辭都設想好了，不但設想好了，而且幾經修正：

「不！我不喜歡吃雞腿！……」

「不！我不習慣吃別人便當裡的東西！……」

「謝謝！我自己的便當都吃不完了……」

有好長一段時間，我一直沉浸在這樣的遊戲裡，我甚至因為聯想到她遭到拒絕後錯愕的表情而沾沾自喜。我做好了萬全的準備，自認當時機來臨時，絕對可以用最尊嚴的方式贏得敬重。

然而，一直到學期結束，我都沒有機會表現我那幾經演練的圓滿臺辭，我的朋友始終沒有給我機會。有一天傍晚，我在打掃教室時，甚至發現那塊看起來香脆可口的排骨連同便當裡的其他飯菜靜靜地橫躺在教室後的垃圾筒裡，我楞楞地注視了好一會兒，不禁絕望地掉下了眼淚！

——原載民國八十二年十二月《中時晚報・時代文學》

驕傲的孔雀

那年暮春時分，我被遴選爲學校音樂周的主持人。當時，學校的活動不像現在這般頻繁，音樂周堪稱外雙溪的一年一度盛事。打從被告知此事後，我便一則以喜，一則以懼。喜的是能在此盛會中擔當重任，也算一件光榮的事，頗能滿足當時虛榮的心理；憂的是家境貧寒，實在沒有一件像樣的衣服撐持場面。那時，同學們的家境普遍不佳，雖也都有意幫忙，卻有心無力，女生宿舍裡，大夥兒全把較爲像樣的衣服貢獻出來供我一一試穿，可惜沒有一件合適的。爲此，我專程返家向母親求援。

回家時，正趕上母親和父親因家用不足嘔氣著，家裡氣壓很低，母親看到我突然回來，雖然開心，卻難掩因對抗物質窘境所顯露的疲態。我幾度欲言又止，終於還是決定不再增添父母的負擔，只以想家爲由搪塞母親對我突然回家的追問。

第二天中午，吃過飯，母親還是像往常般陪伴我步行到潭子火車站，以便搭車北上。一路上，可能因未能達成心願而默然無語，母親一向心細如髮，當然很快地有所警覺，因而再三追問，我只故作輕鬆的說：

「沒什麼啦！兩個禮拜以後，學校舉行音樂周，選我做主持人，本來想回來問問能不能做一件小禮服，現在想想，也沒有什麼必要，跟同學借一件就可以了。反正也不是什麼大事。」

母親聽了，只低頭走路，一句話也沒說。

一個星期過後，我接到家裡寄來的一個包裹，打開來一看，居然是件白色蓬袖小禮服。寢室內，室友全上課去了，我獨坐斗室，淚如泉湧地展讀附在裡頭的一封母親的來信。母親受日本教育，用漢字寫信備感吃力，然而，由字裡行間拼拼湊湊得知母親對我能擔任主持人感到十分高興，特別以和我身材相當的表妹尺寸，連夜趕裁了這件禮服。許久以後，我才知道，爲了這件禮服，母親不惜厚顏向鄰居借貸，還挨了父親的一頓責備。

小禮服在宿舍裡出足了鋒頭，幾乎是熟識的朋友全來試穿，過過乾癮。母親的女紅，早在親朋間贏得很好的口碑，這件禮服簡單大方的式樣及精緻的手工更羨煞了許多人，我沾沾自喜之餘，當然也暗自發誓，絕對要加倍用功，以報親恩。

音樂周開始前的那個星期六，一位同住宿舍的好友突然毫無預警地向我提出借禮服去參加舞會的請求，我一下子反應不過來，唯唯諾諾地只說：

「可是，我自己都還沒穿過哪！借給你，那我……」

朋友信誓旦旦地說：

「絕不會給你弄髒的啦！拜託啦！音樂周要下禮拜一才舉行，我明天就還你，保證跟新的沒有兩樣。」

我不知道如何拒絕她，只反覆地說：

「可是，我自己一次都沒穿過……」

朋友看我並沒有嚴詞拒絕，緊接著又動之以情：

「拜託啦！這一次舞會對我太重要了，如果不是這樣，我也不敢向你開口。×××也已經答應借給我高跟鞋，還有×××的別針，×××的髮夾，現在就缺你這件衣服了。這次是我男朋友正式介紹我給他的朋友認識，成敗在此一舉，難道你忍心讓我失望？……」

我看她情詞懇切，似乎此事又關係到她的終身大事，何況，在還未擁有這件禮服之初，她也曾慷慨的讓我試穿她的一件洋裝，雖然後來因爲穿起來不甚好看而作罷，然而，無論如何，總是一份心意，我豈能不知感恩圖報。於是，只好忍痛出借。

那天傍晚，朋友打扮得像公主般出去了，臨走前，沒忘記到我房裡來展示一下搖曳的身影，並表達謝意。我從窗口遙送她穿著我的新衣，姿態婀娜地下階進城，內心不禁升起了幾分酸澀的感覺。

不到十點，好友突然意外地提前返回宿舍。當她走進寢室時，我正斜倚在床頭上看小說，猛一抬頭見到她萬分狼狽的模樣，差一點兒沒從床上跳起來。她淚流滿面，悲不自勝，我隨即注意到她全身溼透，手上拎著一隻高跟鞋，披頭散髮，而我那件寶貝的禮服更是一團糟。她抽抽噎噎地道出原委，才知原來因舞會尚未合法化，遭到鄰居檢舉，警察前來取締，慌亂之中，她由高處窗口躍出，一個跟頭栽進陰溝裡，她掙扎著爬出來，發現高跟鞋掉了一隻，髮夾也沒了，她盲目地在黑暗中摸索，卻什麼也找不到。而後有追兵，也不遑細尋，只好拎著倖存的一隻高跟鞋跌跌撞撞地從芝山岩附近奔回。

所有借來的東西，除了歪斜地掛在胸前的別針外，全毀了。掉了一隻的高跟鞋、失蹤的髮夾、弄髒的小禮服，沒有一樣她賠得起，想到這裡，她怎能不痛哭失聲。她一迭聲地道歉著，眼淚撲簌簌地掉下。我看著那件遭劫的禮服，雖然心痛難當，卻不敢露出一丁點兒傷心的表情，只連聲安慰她：

「沒關係！沒關係！又沒破，對不對！洗洗就好，洗洗就好。……」

我捧著她換下的衣服到盥洗間清洗。周末的夜晚，大部分住校的學生都外宿去了，少數留在宿舍裡的學生也都或躺或臥地在寢室內享受難得的清閒。盥洗室內顯得格外的冷清，只有一盞暈黃的小燈泡無奈地俯視著。我泡了一大盆肥皂水，在黯淡的燈光下努力地搓洗著。白色的衣服上到處是泥漿，尤其是臀部部分，可能因與泥漿正面接觸的關係，更是髒得慘不忍睹，我邊洗邊心疼地掉淚，想到下過水的衣服可能會縮水，可能不再像原先那般平整漂亮，想到好友曾經信誓旦旦地保證不弄髒它，而今卻落得如此下場，最可恨的是，我連埋怨都不成，好友已哭得如梨花帶雨，何況尚有其他兩位同學的損失還得她去面對，我實在不忍心再責怪她。但是，平白無故接受了這樣的打擊，怎不教人感到萬分委屈？

次日清晨，我迫不及待地到曬衣場去看昨晚晾上的那件禮服，這一看，差點兒沒昏死過去，在初升的旭日照射下，白衣服突然變成了灰衣服，更嚴重的是，右邊臀部部分明顯地留下了一塊比手掌還要大的漬痕。星期天的早晨，同學們都還高臥未起，我獨自一人汗流浹背地在室內室外穿梭。一下子跑進盥洗室裡搓洗，一下子又把衣服拿到室外對著陽光檢查，幾度進進出出，我披頭散髮地想法除去那塊漬痕，可是它卻頑固地不為所動。我愈洗愈委屈，愈洗眼淚愈掉，最後終於忍不住痛哭失聲！

那年的音樂周，我就穿著那件有著明顯漬痕的白色小禮服登場，為了避免讓那塊灰色的印記落入觀眾眼中，我挺直了背，把頭抬得高高的，用四十五度斜角方式上臺、下臺，不知情的人都紛紛傳說——廖玉蕙像一隻驕傲的孔雀。

——原載民國八十二年十二月《中時晚報・時代文學》

煙雲供養靜怡神

三十幾度的高溫，我躲在冷氣室裡和朋友通電話。臨掛電話前，朋友忽然提到鄭因百師住院了，熱烈的話頭霎時變得冰冷，我楞了楞，放下電話，覺得室內溫度無端下降似的，放眼窗外，才發覺，不知何時，竟下起了傾盆大雨。

我在記著眾多瑣碎事件的白板上，尋出一方空白，用藍筆寫上斗大的「去看鄭老師」五個字，並且用紅筆把它圈了出來。然後，我每天在屋子裡走過來，走過去，每回走過掛著白板的過道，總覺那五個字朝我望過來又望過去。紅框外的字，如報社約稿、買醬油、講演日期等，因著事件的逐項完成而一一被抹去，而新增加的事件又把那寫著「去看鄭老師」的紅框團團圍住。心裡著急、記掛，卻不知爲什麼，連病房病床都打聽好了，卻一直沒去。接著，忘了是誰通知我，鄭老師過世了。我坐在飯廳裡，直直地望著那白板上的五個字發呆。傍晚，女兒站在白板前，照例又問：

「看過鄭老師了嗎？這幾個字可以擦掉了嗎？」

第一次去拜訪鄭老師是在六十一年底，當時，是受《幼獅月刊》委託，為鄭先生寫篇訪問記。領我去的，是當時仍就讀臺大中研所的董挽華小姐。至今還記得鄭家門牆內那株爛漫得過了頭的雞蛋花。訪問記寫成後，我以鄭教授客廳中魚山馮敏昌對聯「圖史芬芳閒領味，煙雲供養靜怡神」的上聯「圖史芬芳閒領味」為訪問記的題目，刊登於次年二月號《幼獅月刊》上，沒想到，事隔十八年，我竟然又以對聯的下聯「煙雲供養靜怡神」來為鄭老師寫下這篇悲傷的文字。十八年前，我在訪問記中寫著：

「這『閒』、『靜』二字，的確把鄭教授優閒沖遠、瀟灑坦率的氣象刻畫得淋漓盡致。」

經過了十八年，我領受了老師的教誨，益發印證了十八年前觀察之無誤。

民國六十三年，東吳大學成立了中文研究所，所主任徐公起先生為號召優秀的學生來報考，苦心孤詣地延攬了一流的師資來校授課，臺師靜農、戴師靜山、屈師翼鵬、鄭師因百、王師夢鷗及張師清徽都翩然蒞校，一時碩學鴻儒雲集，不知羨煞了多少外校學生。鄭老師便從那時開始到東吳專任，直到過世為止，共教了十七年，指導了許多學生，嘉惠無數的學子。

我在研究所成立後的第二年，又回到學校攻讀碩士。當時，學生很少，前後兩期，也不過十來位，所主任為加強師生關係，經常作東在家裡以自助餐宴請全體師生。筵席上，老師們旁徵博引、妙語如珠，學生們端的是目眩神移，如沐春風。師生談笑讌讌，往往讓人流連忘返，那眞是年少時光中一段最難忘懷、也是最為甜蜜溫馨的記憶。而曾幾何時，戴師靜山及屈師翼鵬相繼仙逝，徐師公起亦駕返道山，去年臺師靜農也告撒手，而在這灼灼夏日，竟又傳來因百師的噩耗，怎不教人張皇失措、神魂俱奪？

猶記前年歲暮，我照例寫了張卡片給老師拜年，不久，即接他老人家回寄一卡，賀年之外，寫道：

> 我最近身體比去年退化，腰痠腿軟，耳目不爽，已不能單獨上街，須有人陪伴。所以，無事不出門，整天在家。電話號碼已改爲三六三六六〇六，給我打電話要在晚飯以後，我女婿女兒在家時。白天他們上班，電話鈴響，我可能聽不見。你們的電話可否來信寄給我，或來電告知。玉蕙第一次來我家時，所寫訪問記，我想寫段後記，要跟你討論過再寫。眼睛不好，寫字幾乎不能成形，人老了，眞麻煩！過了年已八十五歲，也該老了！

字極細極小，大小參差，但仍保持鄭老師一貫謹慎內斂的風格，我接信後，趕緊以電話和他聯絡，選訂了一月十日去看他。

那天下午，我提了盒蛋糕去按門鈴。門鈴響了許久後，才從毛玻璃上看到人影逐漸移動的樣子，接著，玻璃門被拉開，出現了因百師清瘦的身影，他像泥偶似的，跨過門檻，以極緩慢細碎的步伐一寸寸地向前挪動，多年不見，乍見老師這般顫巍巍的模樣，自然是要大吃一驚。老師邊摸索前來應門，邊試探地問著：

「是玉蕙嗎？」

我當下鼻酸不已，隔著一道鐵柵門，這一小段路，竟似迢遞無盡頭。我在門外，看他老人家這般舉步艱難，唯恐他一不小心跌倒，這門裡門外，可眞是咫尺天涯，救援不得。於是大聲說道：

「老師慢慢來！慢慢來！別急！」

可我心裡著急得什麼似的，手上的蛋糕差點兒沒跌落地上。

那天下午的拜訪，十分愉快，先前的錯愕與吃驚，在老師一貫的幽默自嘲中，逐漸淡去，我一向所熟悉的優閒澹定的因百師又回來了。我奉上了這些年寫的幾本散文集，他居然能說出幾篇我在報上發表過的文字，並加以謬賞。我雖明知因百師一向慣於鼓勵學生，當眞不得，卻仍在回程的車上雀躍的歌唱。

老師拿出了十多年前的訪問記，上面，老師做了極詳細的校訂，有些是印刷時的錯誤，有些是他老人家一些看法的修正，因百師都一一和我說明，並客氣地徵求我同意，態度極爲審愼。我告訴他，可能以後會找適當時機，把我年少時寫的一些訪問記付梓成書，他顯得很高興，一再強調如若出書，那些字句絕對必須改正。由於他對此事如此愼重其事，倒使我產生一種不祥的感覺，似乎老師預知來日無多，開始對後事預做安排起來了。這樣的感覺讓我心慌，於是，我幾次刻意把話題轉了開去，誰知，說來說去，臨走時，他又殷殷交代了起來。

臨走，因百師拿出一冊印刷典雅精美的《清晝堂詩集》回贈。他緩步挪至餐桌上題字，居然不假思索寫出了外子的名字。老師驚人的記憶力是遠近馳名的，可是，外子和他僅在十餘年前一個人馬雜沓的場合中見過一次面，他居然都還記得，著實不可思議。我驚訝地叫出聲來，他笑著說：

「我這腦袋是記遠不記近，以前的事，鉅細靡遺，最近的事，隨記隨忘。」

過了幾天後的一個夜裡，鄭老師又打了電話來，劈頭就問：

「你的那本《紫陌紅塵》中有篇〈緣起緣滅〉和張曼娟的〈緣起不滅〉是哪一篇先寫成的呀？」

我沒想到他有此一問，有些錯愕。第二個問題更讓我吃驚了，他說：

「那篇文章中所寫的事是眞的發生的嗎？」

我掛下電話後，笑倒在沙發上，弄得外子和孩子都丈二金剛摸不著頭腦。我經常在很多演講的場合中被問到類似的問題，不過，大多是些好奇的年輕讀者，沒想到八十餘歲的老教授也有此一問，這樣的赤子之心，霎時把位專門研究學問的老先生拉到極其人性化且充滿親和力的尋常鄰家爺爺般的形象上，我喜歡這樣的因百師——頑皮、好奇，對一宗人間的矛盾情愛傾注關切，他深夜打電話來，只爲書中一位被拋棄的女子感到惋惜。我因此對因百師有了不同的認識。

其後，我們偶爾會在電話裡交談，我又在幾次午後去看過他，那時，他已必須仰賴看護全天候照料。雖然因百師豁達如昔，但總不經意由言談中聽出了他的寂寞，臺北人快節奏的生活，使得人們對情感的付出心餘力絀，他一生獻身教育，桃李滿天下，在空寂的午後獨對滿室書香時，因百師再是曠達，恐也難免寂寞悲涼之感油然而生吧！

白板上用紅線框住了的「去看鄭老師」五個字依舊被一些繁瑣的事件包圍住，一個對自己承諾了、卻沒有實現的諾言，我用板擦一點一點地擦掉它，禁不住傷心地掉下了眼淚。

——原載民國八十年八月十一日《中央日報》副刊

繁華散盡

星月交輝，煙花競麗。

母親和我，推著坐在輪椅上的父親，在笑啼喧闐的人潮中，親密地談笑。父親不時地稚氣地仰起頭，指著高處閃爍的燈花，興奮地東問西問。鑼鼓盈耳的街道上，扶老攜幼的，盡是怡然歡愜的天倫圖。涼薄的夜風也趕來助興，和雲集的小攤販上縷縷竄升的炭煙相互追逐嬉戲。許是爲這滿路的巧笑新聲所牽引吧！父親突然忘形地自輪椅中立起身來，一不留神，竟仆倒在微雨過後猶自溼滑的泥地上，在迅速蟻聚的人群中，不知是我，還是母親，抑或其他的什麼人，驀地淒厲地狂喊了起來：

「流血了呀！流血了……」

暗紅的血，很快地在父親仆倒的地上，殷殷地蔓延了開來。母親彎下身，輕輕地扳過父親的臉，父親睜開眼，綻開笑靨，朝我說：

「實在有夠鬧熱！」

然後，徐徐閉上了雙眼。我驚懼地大叫：

「爸！」

冷汗涔涔下，我自驚怖的夢中醒來，黑暗裡，眼淚濟濟掉了一臉。不遠處的鄉間廟會，似是印證著我的夢境般，急管繁絃毫不稍歇地歡慶著元宵夜。

那夜，我身處預官考選命題的闈場內。節慶的歡愉在晚餐過後的猜謎遊戲裡達到最高潮。爲了稍稍紓解久困闈場、不得返家團聚的遺憾，大夥兒特意布置了餐廳，搬來了卡拉ＯＫ。我隨著眾人歡唱談笑，刻意忘卻生命中那樁永遠無法踐履的約定。酒酣耳熱後，麥克風傳到了一位笑聲最響、飲酒最豪的上校軍官手上。他放下酒杯，步履顛狂地站在餐廳中央，朗聲說：

「我是革命軍人。」

大夥兒全笑彎了腰。是酒後的醉語吧！我們如是揣測，怕是喝了不少的。

「我必須服從命令，效忠國家。」

底下又是一陣雷動的歡聲。他低下頭，緊握麥克風的雙手竟微微顫動了起來，然後幾近喃喃自語地接著說：

「傍晚，我接到通知，我的母親在今天過世了。……」

石破天驚的宣布使全場陷入一片悚動的靜寂，微醺的酒意頓消。他紅了眼，顫聲說：

「我不能提前離開闈場，我必須對我的工作負責到底。……前些年，我父親過世時，我也奉命遠在東京，無法及時趕回。我是個不孝子，但身爲革命軍人，忠孝不能兩全，我只有……所以，今晚，我要唱一首很悲傷的歌。……」

數度哽咽後，一首痛徹心肺的悲愴旋律，斷斷續續流洩在燈火已闌的暗夜中，直到他掩面泣不成聲。啊！原來豪飲狂歡是另一種的至痛無言！而我，因著元宵燈會而刻意隱忍的傷痛亦早隨著止不住的淚水滂沱直下。去年燈會期間，適值父親北上就醫因跌斷而久不癒合的手腳，從窗口望去，中正紀念堂邊兒，人潮如織，香肩影動，笑語聲來，我四處商借一張輪椅不果後，曾和父親約定，次年必排除萬難，偕伊共賞如沸如撼的燈節盛會。而今，電視新聞中，中正紀念堂的燈籠高掛如列星，童玩技藝紛陳，觀賞的人潮簇擁如東京夢華錄中的太平盛世，而父親卻已乘鶴遠去，骨肉乖隔，寧非人生之至痛？

那晚，我和淚躺下，衾枕盡溼，朦朧中入夢，卻是個以星月、煙花的璀璨始，以鮮血、眼淚的心碎終的夢魘。難道父親不避黃泉路迢遙，千里來入夢，眞爲奔赴這場生前未了的紅塵盛筵嚒？

父親一生最喜熱鬧繁華。蒔花、養鳥、運動、旅行，把生活妝點得繽紛多彩。退休後，最喜歡拜訪朋友，最企盼兒女返家團聚。到後來，身體狀況已相當不佳時，還因扶杖掙扎著要去參加朋友的喪禮，而數度和母親反目。母親憐惜他身體孱弱，不願他奔波勞累，甚至見景傷情；他卻爲不能親向朋友作最後的敬禮而懊惱。他憤恨地抱怨：

「死後才見交情。告別式上的熱鬧與否，可以看出這人做人有成功否。最後一面都不見，算什麼親戚朋友！」

他交代我們，把寄來的訃文一一登錄起來，他說：

「以後，我若是過身，你一定要記住寄一張白帖子倒轉去。」

迎著我們錯愕的眼光，他慢條斯理地解釋道：

「安捏卡鬧熱。告別式無人來，會給人恥笑，給人講我無人緣。我希望我的告別式可以鬧熱滾滾。像你屘叔的告別式，人山人海，看著極好哩，極讓人欣羨！免以為我的朋友死去，伊的後生就不會來，攏總給伊寄去，懂禮數的人就會來。」

我故意別過臉去，不理他。我雖偶爾亦在課堂上和學生高談莊子曠達的生死觀，但面對父親這般赤裸裸地安頓自己的身後事，才知王羲之「固知一死生爲虛誕，齊彭殤爲妄作」眞眞道盡了世間兒女平凡的心事。高深豁達的哲理，只宜作學術的討論，小門深巷裡，椿萱康健才是眞正的心願。

近年來，父親應是經常在思索著死生大事的。一回，他憂心忡忡地問我：

「人說死去以後，火葬比較卡清潔，你感覺安怎？未知會極痛否？」

我笑答：

「人死去，那會還有感覺！」

從那以後，他便四處去看存放骨灰的骨塔，並自己相中了一處，好幾次拉著我去看，都被我拒絕了。我氣他一直在爲死亡做準備。

前年舊曆年，兄弟姊妹全回家。父親因夜半在浴室跌了一跤，手上正打著石膏，精神原本很差。見兒女們都回來，非常高興，吵著要去理髮，要到照相館去照相。我拿出相機，爲他和家人合拍了些照片，他顯得神清氣爽，一直對著鏡頭微笑，我們直取笑他愈老愈會搶鏡頭。照完了相，我正捲著底片，他仍糾纏著母親一起去照相館，母親說：

「不是剛才照過了嗎？去照相館做啥米？」

他靦腆地說：

「你嘸知啦！你跟我去，咱拍一張合照，以後，我若死去，禮堂上才有一張卡好看的相片掛。」

我們聽了全傻了眼。母親一楞，隨即玩笑般的打圓場：

「你要掛在告別式上面，我才不要跟你合照，那有人在喪禮上掛合照，笑死人咧！」

他突然變得像個孩子似的，隔不了幾分鐘，又反反覆覆提起同樣的話頭，我耐下性子，像哄孩子似的說：

「你現在手上打著石膏，脖子上吊著繃帶，照起相來多難看，等你石膏拆下來，我再帶你去，好嗎？」

父親悵然若有所失，喃喃自語：

「再慢一下，就未赴啦！」

我佯裝嗔怪，質問：

「未赴做啥？不要亂講啦！」

他定定看著我，神情又恢復茫然，只不斷重複：

「你嘸知啦！正經會未赴啦……」

父親不幸而言中。直至過世以前，石膏一直未曾拆下，父親臨終前最後的影像終究未能如願留下。除此之外，一切都在父親掌握之中。

去年四月四日，父親在長期的病痛中解脫逝去。悲痛惶急，全家人手足無措，不知從何做起，慢慢尋思，才發現這些年來，在閒話家常中，父親早已循序漸進地對自己的後事一一做了安排，別說喪葬儀式，就連祭壇上的鮮花款式、擺設圖案，都已有了腹案。

他體貼我們工作忙碌，又不願孤獨地面對死亡，所以，選擇三月二十八日凌晨昏迷，直到去世，整整八天，全家大小因著國定假日及春假，得以晝夜不離地陪他走完人生最後的一程。

清明過後，天氣一直陰雨連綿，父親出殯前一日，突然轉晴。那一夜，我至靈堂清理葬儀社布置靈堂所剪下的殘花敗葉，在慘白的燈光下，猛一抬頭，驀然發現懸掛高處、俯視塵寰的父親放大照片，似乎閃過了一絲詭譎的笑容，那樣子像是正爲著私心裡一樁未爲人識破的計謀得逞而竊竊歡喜著。我丟下掃把，抬頭認眞端詳著，照片一如本人，一副自信滿滿的樣子，彷彿這一切的悲歡離合全由他一手策動。不知爲什麼，我突然想起父親打從我們小時候就一直喜歡重複說起的兩個耳熟能詳的諧音話及歇後語：

「老師搬過厝，冊（氣）都是冊（氣）。」

「牽狗犁田，可惡至極！」

我不知道，這兩句話是不是正說出了我當時的心情。我神經質地趁著四下無人，拿起一旁準備給花補充水分的風霧器，往父親的笑臉上噴，照片太高了，風霧器的水花搆不上，我使勁兒的壓，踮起腳尖費力的噴，父親居高臨下，一逕兒笑著，依然自信滿滿的樣子。我好恨他獨自開了這麼大個玩笑，居然沒事先偷偷向我——他一向最鍾愛的小女兒透露半分。那位同我一樣——喜歡吹牛，卻經常穿幫；喜歡說笑話，又常常說不好的爸爸，他怎麼可以無端的拋下了我，牽狗犁田！

在四濺的水花中，往事歷歷，掠上心頭。我想起小時候通學，上下學都得行經父親上班的鄉公所旁。常常下課後，筋疲力竭，便轉進爸爸的辦公室，等他下班，用腳踏車送我回去。父親的同事，不拘老小，見了我必高聲大喊：

「嗨！天送兒，你那撒嬌女兒來了。」

父親總是喜孜孜的迎上來，幫我提過沉重的書包。當時，我那身淺藍襯衫、深藍褶裙的臺中女中制服想是給父親帶來許多榮耀的，畢竟鄉下地方，能考上臺中一流的女中的，是鳳毛麟角。我每回去，他總是講話特別大聲，動作特別誇大，故意問我考試成績如何，而當時正值叛逆期的我，總是故意不讓他的虛榮得逞。父親是極珍愛我們父女同騎腳踏車，輾過長長的歸途的那段時光的，而我，其實手攬著父親清瘦的腰身，也爲著有這麼位玉樹臨風般的父親而感到無限快樂。然而，我卻緊緊抓住父親掩飾不住的弱點，當他熱切的問我：

「明天，還來辦公室等我嗎？」

我總是矯情地拿喬，故作猶豫地說：

「不一定啦！明天再看看！」

當年那種對擁有父親全然的寵愛的自信滿滿的模樣，想來亦正是得自父親的遺傳吧！

等我大學畢業後，開始做事賺錢，父親一直走在前頭引領我前進。當我還是助教時，他已向外宣稱女兒擔任講師，研究所剛畢業任講師，他馬上主動幫我升等爲副教授，我一路追趕不及，有時也不免停在路邊喘息埋怨。然而，小時候愛臉的我，不也曾因父親初中的學歷不夠光彩，而幾度向同學們宣稱父親是高級中學畢業嗎？有一回，甚至差一點僞造文書，在學校發下的表格上父親的「職務」欄內，主動爲他升級爲「課長」，只爲嫌棄小小「課員」，在同學間擁有顯赫頭銜的爸爸群裡，實在太過寒傖。二十多年的歲月飛逝，昔日看不破虛名的小女兒在水深浪闊的十里紅塵中翻滾浮沉過後，已逐漸領悟素樸澹定的丰采，反倒踽步蹣跚的老父卻回首眺望繁華虛幻的海市蜃樓。

風霧器裡，終於再也擠壓不出任何水花。我頹然放下，跌坐在祭壇前的泥地上，和父親四目相視。人人都說兄弟姊妹中，我長得最像父親，長臉孔、挺鼻梁、薄嘴唇、尖下巴，他們看到的是容貌，我知道的卻是看不見的心思，自小我便是父親如影隨形的小跟班。如今，形之不存，影將安附？

次日，豔陽高照，親戚朋友一大早便陸續湧至，旅居日本的堂哥、堂嫂更從大阪匍匐奔回。我們沒有遵照政府革新的指示，我們發了好多訃文出去，邀請所有認識父親的親朋好友前來，父親要一一同他們告別，父親多年來一直期盼的「鬧熱滾滾」的告別式，果真實現了。

我們披麻帶孝，跪倒在祭壇前，模糊的淚眼中，是一雙雙前來拈香的朋友的雙足，穿晶亮皮鞋的、高跟鞋的、布鞋的、趿著拖鞋的，甚至還有拄杖踉蹌而來的，從不同的鞋樣上看出了行業和身分，也看出了父親廣闊的交遊。我不停地一一叩首答拜，打從心裡感謝他們的深情厚意成全了父親最後的心願，讓他無憾地在人生途程中打上一個圓滿的休止符。

屬於父親的繁華終於散盡。熊熊烈火中，父親的肉身漸次消蝕殆盡，從小小玻璃窗內看去，我不禁全身悚慄，淚下如雨，父親一直是那麼個忍不住疼痛的人，烈火焚身，對他而言，是何等酷烈的煎熬。骨灰從火葬爐內推出時，照管火葬的先生特別叮嚀，勿將淚水滴進骨灰中，我擦乾了淚，小心翼翼地用夾子夾起一塊父親的頭蓋骨放進罈內，心疼地在心裡重複千百遍父親曾經問過我的：

「會極痛苦？爸爸。」

父親逝世，至今已屆周年。這些日子來，我回想起他逝世前半年那段跌斷手腳的日子，總是深自責備沒能爲父親付出更多的耐心和寬容。父親一向極畏疼痛，稍有病痛，常極盡呻吟之能事，以致後來眞正病痛難忍，我們都懷疑他只是裝腔作勢。他夜半如廁，摔倒於洗手間內，我們一直爲他延請骨科大夫診治，孰知，慢性腦溢血才是癥結所在。從臨終前所照X光片看來，醫生斷定他體內出血已非一朝半日。因爲腦部神經爲逐漸滲出且凝結的血塊所擠壓，因此，在那半年內，他的神智時而清醒一如常人，時而迷糊健忘得教人吃驚，然而，因爲他平日喜歡開玩笑，我們一直以爲他在裝瘋賣傻。一日黃昏，他居然坐在沙發上指著在陽臺修剪花木的外子，悄聲問母親：

「那人是誰？」

母親初始不以爲意，答：

「是我們女婿啊！」

他似乎有些納悶，搔著頭說：

「那我們的女兒又是誰啊？」

母親不悅地說：

「到底是眞的，還是假的。你免嚇驚我。」

我一點也沒拿他這番話當眞的，我趨向前，傍著他坐下，推擠他，笑說：

「好會假仙哦！假得還眞像！好！那你說，如果我不是你女兒，你倒說說看，我是誰？」

他習慣性的聳聳肩，似乎被我說得有些不好意思，這件事就這般眞假莫辨地過去。

除了迷糊健忘外，其後，他還逐漸變得脾氣古怪不馴。那段時間內，母親自然是吃盡了苦頭的。白天情況尚不難應付，每到夜晚，便頻頻吆喝，一下子要人攙扶他上洗手間，一會兒又要人倒水，再不就繞室徘徊，彷彿床上藏了什麼妖魔鬼怪，硬是不肯躺下安歇，母親被折騰得幾乎崩潰，父親偏又不肯讓兒女代勞。

元宵節他北上就醫，住我處，一連七天，夜半不眠，每隔三分鐘，便要母親攙扶起床，我在隔室，聽見他呼天搶地，心裡大慟。一夜，我實在忍不住了，強迫母親至他房歇息，由我全權照料，父親以頭撞牆，誓死反對，口裡直喊：

「我會死啊，我會死啊……你們實在可惡至極啊……」

闃寂的暗夜中，一聲比一聲淒厲，然後，開始一反常態地破口大罵母親無情，母親聞言，淚潸然直下，我忍不住厲聲責備他：

「你再罵，小心媽媽從此不理會你。你把媽媽整垮了，以後，看誰有她那樣的耐性來照顧你！」

他似是豁出去的態勢，狠話拚命出籠：

「我才無稀罕，才不用你們來照顧。……」

我軟硬兼施，滿頭大汗；他負嵎頑抗，像負傷的野獸，直到天濛濛亮，才倦極睡去。我見他蜷曲酣睡如稚子的容顏，眞是欲哭無淚。

那日中午，他悠悠醒來，我攙扶他至客廳坐下，他笑語如常，我婉陳他昨日之非，他茫昧不復記省，只頻頻否認：

「那有這款代誌！我那會安捏無良心！騙肖仔！……」

經眾人舉證歷歷後，他似乎也被自己異常的行爲所震懾。沉默不語良久後，他背著母親，低聲附耳和我說：

「敢眞有安捏？如果眞有這款代誌，實在太不是款咧。……拜託你給你老母會失禮一下，好嗎？要不，伊會不肯理我……」

那時，我是如此地無知，錯以爲他返老還童，故意虛張聲勢以博取憐惜。事後追憶起來，也許，父親視平躺如畏途，正是腦血四溢，痛苦不堪的生理反應也未可知，然而，做爲女兒的我，是以何等的不耐來照看父親無法言宣的痛楚呢？這世界何其荒謬，何以最深沉的反省，常只能在無法彌補的悔恨之後？

這些天，我一直翻閱著昔時的照片，在一本本的相簿中，父親一逕地以他招牌的笑容光燦地面對鏡頭。從年輕到年老，從紅顏到白髮，從山巔到海隅，從打球到下棋，從加州的水綠沙暄，到北海道的冰雪滿地，從人子到人父，甚至人祖……他總是那般興高采烈地擁抱生活。生命中的繁華，原不論高堂華筵或淺斟低酌的，父親的一生，充滿了小市民知足強韌的迤邐華彩，繽紛熱鬧。我有幸與他結下四十餘年的父女緣，陪他在人生舞臺上賣力淋漓地演出一場，如今，曲終人散，留在心底的，豈只是止不住的悲傷！

——原載民國八十一年五月十三日《中國時報．人間副刊》

出門尋日月

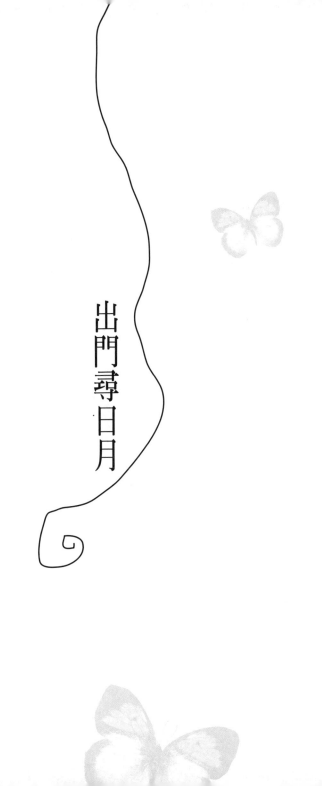

湖光山色沒有在我腦海中留下任何難忘的印象，我是還沒有見識到日月潭的日月，先就領受了它的人情。

出門尋日月

幾次到日月潭，都偏巧下著細細的雨。因此，印象裡的日月潭，一直像張用色淺淡的水彩畫，煙雨迷濛。

首次到日月潭是在十五年前的蜜月旅行。我們從婚禮、歸寧等一連串喧嚣的筵席中脫身出來，搭乘公路局班車直奔日月潭，正慶幸總算擺脫人群，可以享受幾天的清靜。哪知，甫下車，就被蜂擁而上的計程車司機和旅館招徠人員所包圍。我們且戰且逃，最後仍拗不過一位精幹男子的追逐糾纏而不得已上了他的車子。這位男子除了一副橡皮糖似的黏纏工夫外，尚有著舌粲蓮花的本事。他一眼就看出我們是新婚夫婦。由車站至旅館的短短路程中，他展現了中國語言的無限魅力，一面奉承我們選擇日月潭做蜜月旅行的聰明睿智；一面鼓吹我們次日應環湖觀賞如詩如畫的山光水色。言下之意，彷彿不到日月潭便要錯失人間仙境，而至日月潭居然不租車遊湖，那就更要遺恨終生；更有甚者，遊湖而不租他的車子，根本就是愚不可及的行爲。這般奇異的邏輯推論，引得我們不禁哈哈大笑起來。

十二月天，異乎尋常的冷。我從霧氣滿布的車窗抹出一角往外望，除了沉默倒退的行道樹外，幾乎看不到什麼人。凜冽的北風加上飄灑著的細雨，這種季節到日月潭來，實在算不得明智之舉。何況，從開始籌備到圓滿結束，一場婚禮下來，幾乎是歷盡滄桑般的疲累，最迫切渴求的，哪裡是山水的潤澤！乃是徹底地平躺下來休息。然而，那位男子的口才實在是無懈可擊的精準，裡頭充滿了人生的閱歷，《文心雕龍》也不及的修辭，他抓緊了一般新婚夫妻關係中靦腆、矜持，外加幾分矯揉的心理特質，凌厲且潑辣地出招拆招，在我們所有謝絕的理由悉數被各個擊破後，我們只能不置可否地和他虛與委蛇一番，以求全身而退。他則緊咬不放，在旅館前臨下車之際，猶叮嚀再三：

「明天早上，我到這兒來等你們。」

我們既未曾有過應允，自然亦不拿他此話當眞。第二天早上，日上三竿，方才懶懶起身。窗外，依然綿綿細雨。我們伏案聽了半日雨聲，方才整裝下樓。才出得大門，一部豔紅計程車驀地竄上前來，車停處，一朵烏雲般的黑傘，盈盈自車內撐出，烏雲下是一朵光燦的笑容。他齜著一口白牙，道：

「你們臺北人實在睏到有夠晚。我從七點等到現在。」

羅網已張，怕是插翅難飛，我們只有乖乖束手就縛。車資三百五十元，據他說是頂犧牲的價格。因値旅遊淡季，否則，這般價碼，只怕全家得活活餓死。

其後的種種，完全在他掌握之中。

車子開開停停，他的旅遊介紹似乎從未停歇，從名勝如玄奘寺、孔雀園的建造到各項民間傳說，甚至樹木、花朵、雲彩……的美學詮釋。他的興致似是比我們還濃，不時地強迫我們離開座椅，撐傘出去走走。有幾度因風雨較大，我覺得在車內靜觀即可，他卻不依，義正辭嚴地訓誡我們：

「少年郎！不行這麼懶惰，錢不能白花，花錢租車，就應該好好看看，才值回票價。像你們這麼懶，乾脆躺在家裡就好了，出來幹什麼！白花錢嘛！」

一番合情合理的話，說得我們既慚且愧！只好敬謹遵命，依令行事，半點不敢苟且。

除了是個嚴格的導遊外，他還是個一絲不苟的攝影者。一開始，他便衝著揹著照相機的外子權威地說：

「新婚最忌獨照，你照我，我照你，不吉利。這樣吧！照相機我幫你們揹，乾脆我幫你們照，包君滿意。」

照相機淪落到他手裡，更加半點不由人。他對照相條件的講求和專業攝影家相較亦毫不遜色。陰溼的天氣既是無法改變的事實，算是勉強湊合，其他可資挑剔的尚多，太複雜的背景不取，太單調的景致不用，和衣服顏色太接近的花朵揚棄，當事人的姿態不對也不行，有時比畫了大半天，嘴巴都笑僵了，他突然放下相機說：

「這裡算了，怎麼取景都不對，換個地方吧！」

區區三十六張照片照下來，堪稱七葷八素，不辨東西。當我們歷劫歸來，再度站到涵碧樓門口時，簡直是大大的鬆了一口氣。那位男子臨去之際，又從車窗內伸出頭，高興地問：

「你們還要住幾天？我明天再來等你們，你們早一點起來嘛！」

我們齊齊地嚇了一大跳，飛奔進旅館中，身手俐落地整理原本準備逗留三天的行裝，倉卒連夜潛逃。

多年後，我們曾幾度自行開車前往，每到一處，總會刻意留心周遭，深盼能再度捕捉到那一抹熟悉的身影，可惜只是徒留惆悵。那位萍水相逢的朋友，遂逐漸在我們記憶深處形成敬業的表徵。尤其在計程車服務品質日益敗壞的今日，每當我被拒載短程的司機遺棄在多雨的臺北街頭，那位曾因服務過度周到而驚嚇到我們的計程車司機就格外令人懷念。

日月潭的湖光山色沒有在我腦海中留下任何難忘的印象，我是還沒有見識到日月潭的日月，先就領受了它的人情。

——原載民國八十一年十一月二十八日《中國時報．人間周刊》

豪華郵輪之旅

遊覽車在碼頭停下，全車的人按捺住雀躍的心情靜候。江蘇省作家協會主席陸文夫先生下車去洽詢，薄暮時分，天上烏雲密布，陸先生四下打聽後，指著靠在岸邊的一艘看來久經歲月的輪船，無奈地說：

「就是這艘了！……」

眾人都大吃了一驚，隨即又小心翼翼地隱藏起震驚過度的表情，然而，實在是太意外了，張大的嘴，一時之間不容易收攏，倒顯得神情更加的詭異。陸先生是經過大場面的人，當然看出了我們的猶豫，明快地說：

「沒關係！我再去問問，看看有沒有其他方法。很抱歉！我自己從來沒坐過，也不知道是這樣的船。……」

做爲客人的我們，當然不便過度麻煩主人，然而，咫尺之外的那艘輪船委實和想像相去太遠，要仰仗它度過十多個小時的航程確實讓人想起來坐立難安。因此，當他決定再度下車去打聽是否有其他交通工具時，倒也沒有遇到什麼客套的阻攔。

雨絲開始慢慢地飄下。陸先生和他那當導遊的女兒在細雨中幾經折衝，終於還是無功而返，因爲實在太晚了，所有遊覽車的司機都回去休息了，而我們正乘坐的這輛車子，明天另有公務，也無法送我們去浙江杭州，陸小姐全身溼淋淋，猶自一疊聲道歉著，面對他們兩人的盛情，全車的人都自覺罪孽深重，領隊中央大學文學院蔡信發院長拿出魄力來了，他背著主人悄聲說：

「我們找兩位代表上船去瞧瞧，如果不是很糟糕，大夥兒就湊合湊合，橫豎不過是一夜，對不對？……」

於是，我自告奮勇和他齊去一探虎穴，兩人帶回「差強人意」的訊息，坐船直渡大運河的事於焉底定。

首先，得把行李送過船去。其他人都好辦，輕便的兩只手提袋，只有研究美學的蕭振邦教授這回做了件不甚美麗的決定。從踏上彼岸開始，他便一路逛書店，瘋狂大採購，書越買越多，行李越推越重，終至演變爲一樁讓左右的人看了就頭疼的負荷。那一口大箱子結結實實全裝了書，保守的估計，少說也有七、八十公斤；要搬運這樣的行李，任誰都要歎氣。隨行的大陸青年小魯眞是個好人，二話不說，彎下身便抬，使出了吃奶的力氣，臉紅脖子粗的，好不容易扛出了車外。驀地一陣傾盆大雨從天而降，走到半途的小魯，進退失據，在眾人勸退聲中，又回頭扛了過來。雨下得潑辣極了，小魯被迫放棄行李，隻身上車。那口箱子兀自在雨中的空地上矗立著。忘了是什麼人，順手拿了張塑膠袋，跑下車，往行李上一蓋，匆匆逃上車。塑膠袋實在太小了，完全於事無補，空自在大雨中襯托出行李的笨拙與悲壯。蕭教授不知是向別人解說或自我寬慰地頻頻說：

「沒關係！沒關係！行李袋防水的，防水的，……行李袋應該不會浸水的吧！……」聲音越來越小，語氣越來越猶豫，嗜書如命的他，怕是寧可淋雨的是他而不是書吧！

雨越下越大！我握著頭等艙的船票，看著窗外不遠處那艘破舊的輪船，想到那日在南京開「兩岸文學新趨勢研討會」時，被告知會後將有一趟詩情畫意的大運河之旅時心中的興奮，不禁莞爾。主辦單位告訴我們：

「你們都是學文學的，除了開會討論文學新趨勢外，更應該好好親自瀏覽文學作品中描述的意境。開完會，由蘇州到杭州，我們特別安排由大運河前往，在這種雨季裡坐船，讓你們充分享受江南的河上風光。」

我一向是無可救藥的樂觀主義者，一聽這話，當場歡呼起來。一些比較有經驗的教授如臺大的周志文先生、中央的顏崑陽先生可就不像我這般見識短窄，隨即謹慎地打聽輪船的狀況，得到的答覆讓這群生長在資本主義下、不耐大陸苦熱的教授群十分寬心：

「放心！是豪華郵輪！兩人一間，有冷氣設備。」

我不知道旁人是怎麼想的，我可是馬上就聯想起在電視影集「愛之船」中的那艘白色的豪華郵輪——有美輪美奐的餐廳，羅曼蒂克的游泳池，寬敞的甲板上隨處可見到含情脈脈的俊男美女……而且，不瞞您說，當晚，我還在夢中跳了一整夜的舞，以致起床時腰瘦背疼。如今，眞相揭曉，那艘靜靜地停泊在雨中的老舊輪船原來就是所謂的「豪華郵輪」，你就可以明瞭爲什麼大夥兒初識它時嘴巴要張得那麼大以致無法輕易合攏了。

雨終於停了。

我們獲准先行登船。唯一的雙人房，男士們禮讓團裡的兩位女士——印第安那波里斯大學社會系藍采風教授和我。藍教授是我小學同學的姊姊，不管是基於「敬長」或「尊賢」，都該由她先行選擇舖位，沒想到這簡單的二選一題目，最後卻害得她徹夜輾轉，這是後話，暫且不表。輪船裡裡外外都非常狹小，所謂「甲板」過道，僅容兩人側身而過，而「雙人房」也者，除上下二舖外，僅有形跡可疑的冷氣機一部，冷氣機上方一張釘得不甚牢靠的桌板，及一簡易洗手檯，其他空間僅容一人站立。我等藍教授在上舖坐定後，把行李推向下舖的尾端，冷不防，一群蚊子驚飛四散開來，我一向膽壯，卻也被嚇得出一身冷汗。冷氣有氣無力，所有按鈕悉遭解體；洗手檯上的水龍頭處變不驚地維持藕斷絲連的水量。房裡一股不透氣的霉味，藍教授和我各據一舖，盤腿而坐，努力地搖著扇子，依然驅不去那股奇異的氣味，我開始慢慢能體會釋迦牟尼修行的艱辛了。

我們的房間正好是船頭的第一間。等到人潮逐漸往船尾疏散，我們才到過道享受河風的吹拂。隔壁房是中山大學文學院鮑國順院長、臺大教授朱志宏先生、中央大學劉光能教授及先前提到的周志文教授四人，這時也都簇擁著到船邊來。船就要開了！陸先生和陸小姐已先行離去。汽笛響起，船終於緩緩前行。經過了這一番折騰，大夥兒都有些兒意興闌珊，缺少了像「愛之船」中壯觀的送行者，倚在欄杆的我，竟有點兒林沖夜奔似的蒼涼感受。原本是一件快樂的事，沒道理變成這樣的呀！我覺得有些不甘心！繼之決定讓自己開心一下。乍晴的黃昏，碼頭上只有三名看熱鬧的男孩兒扠著手站在那兒目送我們，我假裝他們是來爲我們送行的，用力地朝他們揮手，拉開嗓門喊道：

「再見啊！再見！……」

有趣的事發生了，杵在那兒的三個人突然齊齊地轉過身去看背後，背後沒人呀！他們又轉過身來，這回，我又高喊：

「就是你們啊！再見啊！……」

三個人又往後面看，這次他們往更遠的地方張望，什麼人也沒有呀！又回頭，我仍然熱情地朝他們揮手，周志文一看，也興奮了，也加入揮手行列，更語出驚人地朝他們大喊：

「回去好好孝順父母啊！……」

宏亮的聲音在空氣中迴蕩著，那三個男孩想是聽到了這話，忸怩地相互推擠比畫著，船上的人則無論大小全都忍俊不住，縱聲大笑起來，船越走越快。

船上設備極爲簡陋，我們因爲來得較早，也沒吃晚餐，本以爲要挨餓直到杭州。誰知六點左右，忽然送來了一條紅燒魚、一盤青椒肉絲和一大碗公白飯，我們忙不迭地理出地方擺菜，心中著實感激不已。正添好飯，準備下箸，小弟又送來四盤菜，一大碗湯，弄得我們手忙腳亂的，連水槽裡都疊放著菜和湯。低頭吃著飯的藍教授許久沒說話，猛一抬頭，卻見她捧著飯，眼眶都紅了。兩人吃六菜一湯，而底艙裡還有擠臥在一堆的當地同胞，我們何德何能享受這樣的待遇？難怪研究兩岸社會狀況的藍教授要感慨得幾乎落淚！

入夜後，室外風雨漸大。我們費心把蚊子趕盡殺絕後，緊閉門窗，準備入睡。冷氣依然意興闌珊地吐著氣，屋內越來越熱，藍教授在上鋪翻來覆去，不時坐起來歎氣。三十分鐘過後，她終於忍不住發難：

「你確定有冷氣嗎？」

「沒有！」我斬釘截鐵地回答。

於是，只好打開窗子，任憑好不容易才驅出的蚊蟲再度從容回家。更嚴重的是，汽船的油煙也一股腦隨風而入，惡濁的空氣在室內盤踞。我蜷曲著身子，一面在下鋪和蚊蟲奮戰，一面培養動心忍性的工夫。藍教授依舊在上面輕聲歎氣，每隔幾分鐘，我就感覺到她似乎又坐了起來，這時，只要一睜眼，準看見她的兩隻腳懸在半空中晃蕩，扇子搧得ㄆㄧㄚ　ㄆㄧㄚ作響，有一次，我忍不住問她：

「怎麼啦？」

她如釋重負地說：

「你也睡不著嗎？我怕吵到你，可是，我實在受不了天花板上這盞燈，它就直直地刺到我雙眼前，離我的臉不到一尺遠。」

我起來研究了半天，開關被挖空了，一籌莫展，我悄悄地躺回床上。說實在的，浸淫中國文學多年，也常想效古人俠義之風，只是這換床以濟他人之難的念頭實在太過壯烈，以致讓我遲遲未敢啓齒。不是我缺乏俠氣，而是我一向睡覺也極度畏光，我不敢想像頭上頂著一盞黃澄澄的燈泡睡覺會是何等光景！

「如今，唯一的方法只有把燈泡給敲碎，才能一勞永逸。」我躲在陰暗的角落，陰惻惻地想著。

然而，想歸想，我終究還是沒把這斬草除根的方法給建議出來。因爲我實在想像不出我們兩人之間，誰會有足夠的勇氣去破壞公物——即使它只是一只小小的燈泡。

天快亮時，我正矇矓欲睡之際，藍教授忽然說話：

「你睡著了嗎？我的眼鏡壓破了欸！唉！……」

屋漏偏逢連夜雨，可我再撐不住了，我不記得有否回答，迷迷糊糊入了夢鄉。

整整十六小時的航程，比原先預計的多出了四個小時。憑良心說，輪船駛抵港口時，大家都已到達忍耐的極限。藍教授徹夜未眠，我雖睡了近半個鐘頭，卻大汗淋漓，頻頻夢到自己像冰淇淋遇熱般融化爲一堆爛泥；隔鄰的先生們則因冷氣太強，又缺乏禦寒衣物而幾乎凍成四枝冰棒；住在船的另一邊的四位男教授則打了一夜的蚊子。下了船後，大夥兒執手相看，都有劫後餘生的喜悅。中央大學王邦雄教授以他一貫不疾不徐的語氣爲這趟大運河之旅下了個結論：

「這那裡是豪華郵輪之旅！根本是魔鬼訓練營！」

不過，大夥兒都承認這是一次難得的經驗，我們打算回臺灣後，大力鼓吹親朋好友到大運河來享受「豪華郵輪」，我們會很老實的告訴他們：

「兩人一間，有冷氣設備！」

當然，他們將會和我們一樣發現「豪華」原是一種比較級的說法，是相對於底層的大統艙而言，到時候，他們必會對中國文字的博大精深與變化莫測有更大的敬畏！

當我們在中正國際機場握手告別時，不約而同地彼此互勉：

「回去好好孝順父母！」

這句話眞好！放諸四海而皆準。

——原載民國八十二年十二月四日《中國時報・人間副刊》

送行

暑假期間，和十幾位教授一起到南京開會。因爲是首度出遠門，雖然有熟人同行，外子仍很不放心，堅持送我到中正機場，他說：

「你這個人太糊塗了。出了機場，我看不到就算了，不要在還沒出機場前就先遺失了。」說這種話，實在很瞧不起人，如果單爲尋回尊嚴，理應悍然拒絕他的好意。但是，憑良心說，糊塗事做多了，要想保有尊嚴又談何容易！我對自己也沒有多少信心。

一大早，上高速公路前，我們先繞道基隆路接了李瑞騰教授。到了機場，外子去停車，我緊緊跟住李瑞騰，唯恐稍有閃失。過了好久，才看到外子在人海中四下張望。我高興地朝他揮手，一位老兵模樣的男子突然攔住他說話。開始辦手續了，他老兄帶著方才那位老兵匆匆過來說：

「這位老先生不會塡資料，我看，我先幫他一下。」

老先生滿臉惶恐，朝我深深一鞠躬。助人爲快樂之本，這個忙該幫，我豪氣地說：

「別管我！我自己行，你去忙他的。」

過了好一會兒，好不容易看他奔回來，正慶幸失而復得，只見他氣喘吁吁地說：

「剛才我順便帶他去辦出關手續，他的行李超重，我帶他繳錢去，你等一下哦！」

說完，也不等我說話，忙不迭地跑了。我只好又回頭緊盯住李瑞騰。偏是李瑞騰也像花蝴蝶般，忙著在附近和熟人打招呼，幸而他的行李重，沒到處跟著跑，我只要看住行李，他就準跑不掉。

機票出了些問題，我有些著急，李瑞騰正和辦事小姐討論著，我一邊張望著，總算又看到滿頭大汗的外子帶著那位老先生奔來，我急急地拉住他，正要說話，外子倒搶先開口：

「很抱歉！出關手續是全辦完了！可是，他不知道在哪裡登機，我得帶他上去！」

「可是我……」

我話還沒說完哪！他已一溜煙跑了，我楞在那兒，有點兒啼笑皆非，到底這人是來送誰？所有手續都辦完了，還不見外子下來，眼看著他上班時間就快到了，我一方面頻頻看錶，一方面往樓梯處張望，另外，還要維持一定比例的笑容和陸續前來的同行者打招呼。終於，看到他大跨步下樓，慌慌張張跑過來，匆匆忙忙和大夥兒頷首爲禮，接著，看了看錶，說：

「糟糕！我快來不及上班了，我得走了。」

從下車到現在，我都還來不及和他說上一句話哪！他就要走了！大概他也看出了我的惆悵，走了兩步後，又回頭攬過我的肩膀說：

「來！來！相機拿出來，我們請李先生幫我們照一張相片，以資留念。好不好？」

那捲照片，在旅遊途中，不小心曝光，三十六張照片幾乎全毀，而這張中正國際機場拍的第一張照片，意外的倖存下來。親朋好友們看到了這張狀似親密的照片，都用欣羨的口氣說：

「你先生對你眞好哦！還去機場送行。」

鐵證如山，我半點抵賴不得，只能苦笑。

——原載民國八十二年十二月十六日《中國時報・人間副刊》

新冬菇鳳爪湯

母親一向精明能幹，我又排行老么，家事種種，完全無我置喙之餘地。以前，逢年過節，只能嘟著嘴，不情願地被母親及眾位姊妹拿著當小兵來差遣，一會兒跑腿買醬油，一會兒奉命摘蔥蒜，心裡很不是滋味。

結婚後，做了長媳，加上婆婆脾氣溫和、好說話，終於盼到了可以拿些主意的機會。於是，老早便興匆匆地自告奮勇，討得除夕夜團圓飯的掌廚工作。因是首度主持大計，茲事體大，一點也不敢掉以輕心。回婆家過年的多天前，就開始在北部擬菜單、調閱食譜，甚至不厭其煩地試做試吃，忙得不亦樂乎！

其實也不過是些普通的家常菜罷了，絕非什麼奇珍異味。只是得失心太重，期望太高，下酒撒鹽，常會失去準頭，很是讓我焦急。外子看我鎮日鍥而不舍地在廚房中擺開陣勢，如臨大敵，精神上也飽受威脅，便常有意無意地向我實施精神教育，強調平常心之重要。我哪裡聽得進去，我是早下定了決心，只許成功，不許失敗的。

除夕那日，趕早起來，買菜、洗菜、切菜，分門別類，我把眾人趕出廚房，自己獨自照著記事本上老早開列好的程序，有條不紊地料理著。埋著頭，耐心地切著細細的肉絲、香菇絲、紅蘿蔔絲、酸菜絲、蔥絲、薑絲……展現了破天荒的專注。如果不是有著「崇高」的理想，這般精準細膩的活兒，對素來粗枝大葉的我來說，簡直是一種酷刑。

一切準備就緒，就算下鍋處理了。我故示輕鬆地回到客廳，和眾人談笑。然而，不時地，會想到一些未盡事宜，而匆忙奔進廚房補充，因爲神色倉皇，攪得舉家神經兮兮。

絕無問題了！我竊竊的有些按捺不住的歡喜，迫不及待地想像著菜擺出來後眾人的驚訝與歡喜。於是，像個孩子似的，每隔一段時間，便問：

「什麼時候可以開始炒啦？」

婆婆則不疾不徐地回說：

「還早啦！再等一會兒。」

如此者數次之後，婆婆許是也被弄得不耐煩了，一聲令下，我奔進廚房，大火快炒，一道道色、香、味俱全的美味於是魚貫出爐。我以強勢領導的姿態支使外子擺上碗筷。婆婆慌忙制止，她說：

「還沒！還沒，要先拜過祖先哪！」

我急了！不趁熱吃，味道勢必要遜色幾分，於是，口齒不清地爭取：

「中午不是拜過了嗎？」

婆婆笑著說：

「憨囡仔哩！每頓都要拜的啦！」

上香、祭酒、擲筊、燒紙錢，標準程序，一道也不能省。偏是那日祖宗吃得特別開心，公公幾次擲筊，都是「笑杯」，婆婆說祖先還沒吃完，再等等。

這一等就足足等了一個多鐘頭，等到祖先盡興後，菜全涼了。婆婆說：

「再拿去廚房熱一熱吧！」

我委屈得眼都紅了，我失算在沒把祖先列入團圓名單內。回鍋的酸菜黃魚，眼珠子掉了，頭斷了半邊脖子；蠔油牛肉老了，什錦腰花硬邦邦；蝦仁不脆了，豆苗變色了，銀芽成了黃芽，雙脆成了兩老；如今，我已忘了還做了什麼菜，但記得一切全「風雲變色」了。我一邊熱菜，一邊覺得眼睛熱熱溼溼的，不知道是油煙嗆的，還是怎的。

幸而我生性樂觀，回身發現仍有一鍋熱過猶不改原味的冬菇鳳爪湯後，馬上又振作了起來。可是，婆婆說：

「過年要圍爐，把火鍋拿出來用吧！」

冬菇鳳爪湯裝進了火鍋內顯得有些單薄，婆婆說：

「你小叔喜歡吃蔥、蒜、芹菜、香菜等佐料，切些擱下去吧！」

小叔說：

「冰箱裡不是還有蛋餃、魚餃嗎？丟些進去吧！」

小姑也歡歡喜喜翻出了粉絲、白菜、金針菇，邊放邊說：

「多放些，熱鬧點兒！」

於是，唯一倖存的冬菇鳳爪湯亦告淪陷。

全家人團團圍坐，首先舉杯向我，公公代表發言：

「今天你大嫂最辛苦。以往每年都吃你媽媽做的菜，今年換換口味，真好。」

大夥兒爲表盛情，紛紛舉箸夾菜，共襄盛舉。每吃一口，讚歎一聲。其中尤以外子的聲音最爲熱烈，浮誇地讓人一聽便知是假。我欲辯無由，只能頻頻勸菜，爲婆婆舀了一湯匙牛肉，婆婆慌忙奪過碗去，說：

「我不吃牛肉的。從小就不吃的。」

我把什錦腰花推向公公，公公也急急說：

「我不習慣吃內臟，不只是豬的內臟，雞鴨也一樣。」

我向小叔推薦黃魚，小叔客氣地說：

「我喜歡吃這鍋湯，魚等會兒再來。」

小姑拚命挑了白菜、粉絲吃，問我：

「這鍋湯的味道眞好！你說這叫什麼湯呀！」

我躑躅半天，囁嚅的說：

「原先……原先叫冬菇鳳爪湯的，現在……」

小姑呑下一口粉絲後，鄭重地說：

「嗯！這道湯很不錯，冬菇鳳爪！我記起來了。你以後教我，我要把它學起來。哥！你吃吃看！這裡面的白菜味道很好咧！」

外子同情地看著我，苦笑著邊安慰我，邊朝小姑說：

「你大嫂的冬菇鳳爪湯和別人的不同，應該叫『新冬菇鳳爪湯』。」

——原載民國八十年二月十四日《中央日報》副刊

鵝肉販的語言暴力

臺北市東門市場內，有一位賣鵝肉的男人，大概堪稱市場內最霸氣的生意人。只要和他買過鵝肉的，無不領教過他那種囂張跋扈。

三年多前，我第一回和他打交道。問他：

「鵝肉怎麼賣？一斤多少錢？」

他停下手裡剁著的肉，眼睛睨向我，從鼻子發出不屑的聲音：

「一斤?!哼！」

那時，我剛搬到臺北，對臺北人還充滿了尊敬，聽他這麼一哼，趕緊慚愧地修正自己的說法：

「哦！對不起。……那一兩多少？」

男人的頭，抬得更高了。不屑地重複我的話：

「哼！一兩?!」

我被弄糊塗了，不知道哪裡錯了。大概我的誠惶誠恐的表情，引發了他的惻隱之心，他很高傲地指導我：

「一隻啦！半隻啦！抑是一塊啦……一斤！哼！笑死人咧！」

我首次見識到這般無禮的生意人，不免多加打量一番，發現他不只對我這外地來的人如此，即使是本地人也難逃被他消遣之列。一位顧客只用手指碰了一下攤前的鵝肉，他馬上用力地將那隻鵝扯了過去，變臉呵斥：

「無要賣給你啦！免摸啦！」

客人錯愕地抬頭。他隨即補充道：

「看啥！要買就買啦！亂摸！現在，我無想要賣你了啦！」

客人也氣了，破口罵道：

「你這人那會安捏做生理！歹啥？騙肖仔咧！騙人不曾吃過鵝肉咧！……」

客人嘟嘟囔囔走了，他不甘示弱地大聲喊著：

「有本領你就永遠攏莫來買我的鵝肉！」

我當他那天心情不好，吃了炸藥似的。後來，常去買菜，才發現他天天如此。他用各種千奇百怪的方式來羞辱他的顧客。

一位顧客問他：

「鵝肫怎麼賣？」

他頭也不抬，任憑那人問了四、五次，才不情願地反問：

「你說怎麼賣？」

客人不高興地回說：

「我怎麼知道你要怎麼賣！」

他優哉游哉地放下刀，輕鬆地說：

「你不必知道我怎麼賣，因爲我不賣。不是不賣，是不賣給你。」

客人氣得七竅生煙，差點兒沒當場口吐白沫。

他挑客人挑得兇，有時打從他旁邊經過，就聽他一口氣拒絕兩、三位客人，拒絕的理由千奇百怪，但到他嘴裡都變成理直氣壯。譬如：

「我不賣給沒來買過的人。」

「買太少不賣！」

「看你不順眼啦！」

有時，乾脆就直截了當地說：

「無理由啦！不賣就不賣啦！要什麼理由！騙肖仔！不要賺錢煞不行哦！」

奇怪的是，儘管他姿態極高，向每位來光顧的人挑釁，用各式各樣的言語角勝爭雄而且永遠占上風。但是，他的攤位卻仍十分熱鬧，常常只出來做上一個多小時的生意，所有的鵝肉就全賣光了。

漸漸和他熟了些後，我常批評他是全東門市場最驕傲的人。他似乎不但不以爲忤，甚至反倒沾沾自喜。有一回，他和我推心置腹，說：

「其實，我做生意最襯采（隨便），只要按照我的規矩來，就沒有問題。」

問題是，他的規矩並沒有什麼規則可循，隨著心情變化，隨時隨地都有新規矩制訂出來。顧客們對他可謂百般隱忍，極盡小心翼翼之能事，但往往還難免被他當眾指斥的命運。一次，我買了隻鵝脖子、兩個鵝肫、四分之一隻鵝，因爲太過瑣碎，恐觸他之怒，我幾乎是巴結地涎著臉對他，他包好東西後，面無表情地說：

「三百啦。」

我趕緊如數敬謹奉上，他抽過錢去後，又丟回一張百元大鈔，當眾揶揄我：

「兩百啦！憨人！講三百就正經拿三百，數學這尼差！自己也未曉算看麥咧！我看你哦！給人掠去賣，還向人說多謝哦！」

我提著東西，趕緊溜之大吉，心裡眞是又氣又懊惱。

上個星期，有位婦女要求他把澆在鵝肉上的湯汁另外用一個小塑膠袋裝起，以免湯汁流了滿袋子，怪可惜的。男人倨傲地回答：

「要每一個人攏像你這尼囉嗦，我生理要安怎做！」

婦人幾近討好地退而求其次說：

「那再多幫我套一個袋子，這樣子，我回家還可以把流出來在裡面袋子裡的湯汁倒出來，好不好？」

男人板著臉孔，冷峻地說：

「不行！我無閒，做不到！」

正當婦人自覺情商失敗，快快然欲離開之際。男人突然把刀往砧板上猛力一剁，指著婦人說：

「你就是要鵝湯嘛！對嚒？」

婦人沒料到有這麼一問，不知男人意圖何在，防禦地囁嚅：

「沒有啊！……我只是覺得湯流出來可惜，我又……」

「說一聲嘛！卡阿殺力咧！是不是要鵝湯？」

男人不耐煩地打斷女人的話，女人不知所措，正斟酌著，男人極大派地用手一揮，權威地說：

「來！看有紙和筆嚒！把你的地址寫給我。明天早上，我專工送一大桶鵝湯去恁厝給你。安怎？免錢啦！」

一旁的人全笑開了。多套一個塑膠袋都嫌麻煩的人，倒寧願花上大把時間專程送去，說他怪，他自己還不肯承認！

最近，鵝價上漲，他也兼賣些烤雞、鹽水雞。前些天，我打從他攤位前經過，看到一位年輕太太指著架上陳列的雞問：

「這是什麼肉？」

他直挺挺地站著，冷冷地回答：

「什麼肉？人肉啦！什麼肉……鵝肉、雞肉攏未曉看，叫你住庄腳，不住啦！才會什麼肉也不知道啦……」

爲何人們甘冒被侮辱的危險而執意向他買肉呢？主要是東門市場內極少賣鵝肉的，而他賣的鵝肉的確又便宜又好吃，套一句男人自己說的話，是：

「如果不是我的鵝肉實在太便宜，你以爲這些顧客肯讓我安捏隨便糟蹋嗎？」

我終於有些明白了。他是爲著自己的賤價出售而嘔氣著，經年累月地，他把這些委屈一點一滴地用語言暴力轉嫁到顧客身上。而顧客們，約是同我一般，一方面圖方便，一方面爲著價格的低廉及嘴饞，長期地貶抑自尊，忍受著他無禮的挑釁，這世界想是十分公平的，一個願打，一個願挨。

——原載民國八十一年一月二十六日《中國時報・人間副刊》

陽光不是蓋的！

連日陰雨，好不容易在星期假日突然放晴，屋子裡卻反潮得厲害，牆上隱隱冒出水珠子，午睡時，覺得棉被沉沉的，似乎擠得出水來，一部除溼機在屋裡移來移去，顧此失彼，徒然讓嘈雜的噪音攪得心煩意亂。

這時，突然強烈地懷念起小時候屋外曬棉被的光景來。曬過的棉被溫溫熱熱、鬆鬆軟軟的，聞起來有太陽的味道，蓋起來體貼舒適，感覺棒透了，作起夢來都特別香甜。

想到這兒，再看看外頭豔陽高照，我一分鐘也躺不住了，懊惱著寸土寸金的臺北市，屋多人稠，似乎找不到地方可以曬棉被。頂樓的陽臺加蓋了屋頂，太陽照不進來，樓下屋外的唯一空地上，又停滿了車子……忽然靈機一動，我吆喝家人群起下樓洗車，利用車頂曬棉被。

全家人都興奮極了。洗車的洗車，擦車的擦車，拿被子的拿被子，搬凳子的搬凳子，儼然企業化的經營方式，很快地，一輛晶亮的車子，外加幾把凳子，整個下午，在陰溼的屋子和璀璨的陽光間進進出出、翻翻弄弄地，便把全部的棉被曬得鬆軟動人。那天晚上，孩子全反常地主動提早上床，接受有太陽味道的棉被的誘惑。

棉被曬過後，又連續下了幾天雨。接下來的那個放晴的日子，首椿「生意」上門了。樓下的鄰居意外地來拜訪，希望我們能把停放在屋外空地上的車子，借給他們曬棉被。我忸怩著，車子太髒了，還沒時間清洗哪。鄰居說：

「沒關係！我們會先幫你把車子洗乾淨。」

想到被子曬完後久久盤踞心頭的快樂，我決定仿效孔夫子「獨『曬』樂，不如眾『曬』樂」，欣然應允：

「只要你們不嫌麻煩，請盡量利用沒關係，鄰居嘛……」

沒想到這句話的威力如此之強，過沒幾天，左鄰右舍全知道我樂善好「曬」。只要好天氣，而我的車子又沒外出，鄰居們便爭相走告，主動排班前來洗車曬棉被。

每個出太陽的日子，我都趴在窗臺上往下望，由棉被的各式各樣色彩，揣想著棉被主人的美學涵養。

然而，麻煩亦接踵而至。

一日，我開車回家吃午飯，準備午後到東吳大學上課。一頓飯工夫再下來，車子居然已被洗得煥然一新，鄰居正氣喘吁吁地扛著一床棉被從家門口出來，我立在太陽底下，手足無措。鄰居看到我，錯愕地說：

「你還要出去嗎？歹勢！歹勢！不要緊，你開去！我改天再曬……」

憑良心說，依我一向的為人，絕對稱不上好人，但看著他滿頭大汗地扛著棉被的樣子，我內心幾經掙扎，只好說：

「你曬！你曬！我不開車，我只是到附近，用走路的就可以……」

為了證明所言不虛，我還不敢在巷子口叫車，特意走了好一段路，直到遠離他的視線範圍，才攔了輛計程車。我安慰自己：

「雖然不再是童子軍，也該日行一善。」

過沒多久，我帶著孩子到附近的公園玩，赫然發現公園的圍牆上，曬滿了各式各樣的棉被，有穿了被套的，有脫得赤裸裸的。穿上被套的，有些看起來久經風霜，有些則鮮豔得似乎充滿了生命力；至於光溜溜的棉被，則鮮有看來賞心悅目的，不是棉球起了一身，就是尿痕汗漬迤迤邐邐。

更嚴重的是，非但圍牆失守，連公園內的單槓、滑梯等遊樂設施也全告淪陷，小小公園儼然正舉行著大規模的棉被大展，所有的小孩都望著棉被歎氣。

其後，在閒聊中，我談起這樁曬棉被的怪現象，一位學生還告訴我另一件有趣的事。他說，一回，他們在家看電視，感覺影像十分不清楚，照說剛買的電視不該那麼糟糕，何況前些日子陰雨連連，看起來都還很清晰的，那天大晴日子，沒道理反倒模糊。

他跑到頂樓陽臺上一看，頓時傻了眼。陽臺上，家家戶戶的電視天線上，又橫又豎地掛滿了黃色的毛巾，一條條用夾子夾著，像國旗般招展。後來才知道，原來是大樓裡的美容院搶陽光曬毛巾，眞是教人哭笑不得。

前些天，也是個久雨放晴的日子。我由外雙溪上完課，開著車，沿著溪邊緩緩出來。遠遠地，突然發現偌大的望星橋上，赫然披掛著兩床花色十分搶眼的棉被，一床是鮮紅的底襯上一朵朵俗豔的牡丹花，一床則是橘紅的被面上簇擁著各色妖嬈的玫瑰。

我不禁失笑起來，因爲緊鄰望星橋邊兒，除了中影文化城外，並無任何人家，是什麼人如此大費周章地，拿棉被到此地來曬？

巧的是，答案很快就分曉了。正當我的車子停在橋頭，等候一個冗長的紅燈時，一輛嶄新的紅色小轎車從我車前飛馳而過，在棉被邊兒停下，下來一位強壯的男子，俐落地抄起棉被，丟進後座，然後從分道樹中的缺口處，拐回他原來行來的方向，很快地消失在我的視線範圍之外。

我因爲貪看這般光景，可能因之錯失了一個綠燈，而這位有著精準迅捷身手的男子這一來一回，可是一個綠燈都沒錯過。那一剎那，我有著強烈的衝動想追上前去，看他到底爲那兩床被子跑了多少路。

甚至我還想把我的曬被子經驗和他分享，當然不會忘記警告他，嚴防鄰居的共曬所帶來的苦惱。然而，我終究什麼也沒做，我一向行動跟不上腦袋。

我常常為著我的行動遲鈍而慶幸，這回也不例外。經過一路的思考後，我逐漸發覺我那竊自歡喜的經驗，和那位男子的主意比較起來，實在微不足道，而且顯得小家子氣。那長長的望星橋兩邊兒，要真認真地曬起被子來，足足可披掛上雙人被少說五十條以上，那可多氣派！

這麼一想，我不禁興奮起來。如果我們選擇一個豔陽天，在各個公共設施，包括堤防、橋樑、公園、車頂……舉行棉被大展，全臺北市的市民都可以堂而皇之地，把自家的棉被拿到太陽下展示一番，讓臺北市各個角落都充滿了五彩繽紛的顏色，將是何等壯觀的場面！一方面可以改善臺北市民的健康，一方面可以藉著彼此觀摩的機會敦親睦鄰，並提升臺北人的美學修養，另方面也為單調的臺北市容，妝點上華彩。也許這個曬棉被的景觀，還會成為類似泰國潑水節般，吸引大批觀光客前來也未可知。

朋友！盍興乎來，大家一起來為棉被找陽光！

——原載民國八十一年八月二十二日《聯合報》副刊

城市動員令

年關將屆，整個城市幾乎全動員起來了。

賣春聯的，已裁好了紙、研好了墨，攤販已做好了和警察捉迷藏的熱身運動，學生就等著期末考後扔掉可厭的書本，家庭主婦對著丈夫領回來的年終獎金做精密的預算表；做丈夫的則正偷偷地把私房錢投向聽說因「證交稅」調降絕對利多的股市。

採購人潮在迪化街和超市間穿梭比價，跳樓大拍賣的廣告招牌下，擁擠著撿便宜的男女。

這時候，農產運銷公司的負責人一定會出來信誓旦旦地說明果菜供應充足，保證絕不漲價；百貨公司的業務經理也照例會在電視上感歎百業蕭條，生意難爲。臺灣雖堪稱豐衣足食，醫生一再警告營養過剩，但是過年啊！衣服總得買件新的吧！年夜飯裡魚翅總不能少的啊！雖然消基會正雙目炯炯地準備爲大夥兒主持公道，但小糾紛雖然不斷，大問題則一個也沒有。

「衣食住行」中，住的問題太大，沒法考慮，衣食不虞匱乏，則不必考慮，剩下的就是交通部長的噩夢了。

飛行離島的機票買不到，砸毀航空公司的玻璃門；火車票還沒開始預售，先就扛著毛毯打地舖排隊，高速公路上的大塞車，多年來一直是南下返鄉過年的人心中的最恨。各部會首長春節都在家含飴弄孫，只有交通部長忐忑不安，四處打聽，車潮淹到了泰安？抑或楊梅？

去年，一位朋友興奮地向我展示手中的火車票，說：

「我排隊排了十二小時才買到的。」

另一位朋友聽了，一派正經地告訴他：

「哎呀！你這太划不來了，爲了兩小時的車程，倒排隊等了十二小時。你應該買臺汽客運才划算，等十二小時，起碼可以在車上坐個五、六小時。」

奇怪的是，年年難過年年過。雖然一票難求，雖然一上高速公路就只能等著地老天荒，人們還是打破頭，排除萬難回家過年。前些年，因爲怕死了塞車，我們左哄右騙，企圖拐誘婆婆北上過年。婆婆左閃右躲，各項婉拒理由紛紛出籠，甚至包括花沒人澆啦！鳥會餓死啦！最後拗不過我們的廝纏，才使出殺手鐗，說「得在老家祭拜祖先」，我不管，繼續歪纏：

「祖先也許也想看看我們在臺北新買的房子哪！他既然成了神仙，一定找得到臺北的路。我們就在臺北拜，他們鐵定會趕來。」

婆婆笑而不答，這招太厲害了。我們拿她沒辦法，只好繼續忍受長途塞車之苦，回家團圓。

前年，我們狠下心，決定自己在臺北過。那年，我也和婆婆一樣，準備了豐盛的年夜飯，一家四口圍爐小團圓，不知怎的，有一種被發派到邊疆的淒涼感覺，四個人圍坐打撲克牌時，都有些意興闌珊。不必忍受塞車之苦，不必和大夥兒擠著睡，沒有人搶著玩撲克牌，沒有更小的娃兒啼哭喧鬧，冷冷清清的，連最愛玩鞭炮的兒子都失去了興頭，女兒苦著臉，首先發難：

「一點也不像過年，一點也不好玩，我們什麼時候回去？」

那個除夕夜，四個人早早上床，只聽得鞭炮聲此起彼落。第二天，天才濛濛亮，便急急驅車奔回臺中，家人執手相看，恍如隔世。

一位長期旅居海外的親戚和男朋友拍拖了好些年，終於答應結婚，不要求聘金，不計較蜜月旅行，唯一條件是男方得答應她婚後的第一個除夕夜回臺灣圍爐兼放鞭炮。她在給我的信上說：

「在海外多年，四處飄泊，最想念的是除夕夜裡團團圍坐的笑語和不曾稍歇的鞭炮聲。他們洋人不作興放鞭炮，我要回去玩個夠。」

一位長輩，在兩岸相隔四十年後，正興高采烈整裝準備回大陸和八十五歲的老母親共度四十年來第一次團圓的除夕夜，誰知偏巧趕上國泰航空空勤人員罷工，他心急如焚，紅著眼激動地說：

「母親身體不好，錯過了今年，誰敢保證能有下一次的團圓飯！」

一位去年才失去了兒子的母親，拭著眼角的淚，感歎道：

「以前老嫌孩子不用功，比不上別人家的孩子，前年除夕夜，他就是因此賭氣不肯拿壓歲錢。早知道他這麼早就走，我……」

在公車上，我聽到一位似乎剛作新嫁娘的小姐憂心地同她的朋友說：

「我都不知道今年年夜飯怎麼辦？我都嚇死了，一家十口人全回來，我拿什麼餵他們？我是大嫂吔！」

在醫院的電梯間裡，一位吊點滴、坐在輪椅上的老先生，幾近懇求的問護士：

「除夕夜能讓我請幾小時假回去圍爐嗎？」

護士白著眼，沒有好氣地回答：

「你請假回去？那我呢？我留在這兒幹什麼？我值班吔！夠倒楣的！」

菜市場裡，一位富態的老太太在接受別人對她孩子的恭維後，以羨慕的口吻向另一位太太說：

「我倒羨慕你哩！孩子全回來過年。我四個孩子都在國外，眞後悔讓他們唸那麼多書，到現在一個也不在跟前，有成就有什麼用？」

生死一線，時空兩遙遠。能夠團團圍坐下來，全家共守著一鍋滾燙的火鍋，原是人生最大的幸福。讓我們向打地舖買車票的朋友致敬，讓我們欣然忍受堵車返鄉的不便，因爲我們是同樣的幸運——老家有親人在守候我們回去；因爲我們是有志一同——我們同樣珍惜親情、重視團聚。

——原載民國八十二年一月二十二日《聯合報》副刊

誰來「餃」局？

我首次執教鞭，教的是清一色的男士——中正理工學院的學生。這些國家未來的科技軍官個個高大壯碩、彬彬有禮，尤其對校園內稀有的女性教師格外熱情洋溢。

那是十四年前，因爲年輕，又是第一次教書，我使出了渾身解數，和學生親如姊弟。那年行憲紀念日前，有一班學生突然起鬨，要到老師家包餃子。我不知輕重，貿然應允。學生名單迅即開列了上來，乖乖！十九位正値青春期大漢，學生七嘴八舌，說一人吃五十個餃子不成問題。

我開始每天在筆記本上做這些看似簡單、實則複雜的數學問題：一千個左右的餃子，必須買多少豬肉、牛肉？多少韭黃、高麗菜、蝦米？光吃餃子太寒酸，少不得滷些雞翅、豆乾、海帶，又各要準備若干？除了餃子原湯外，是不是得另外準備一鍋湯？什麼湯好？從沒有在家中包過餃子的外子和我，一夜又一夜地，幾乎在燈下算白了頭髮，而這只算是開場。

放假日的前一天，恰巧我沒課。一早去採買，共跑了三趟市場，才算買齊了必需品。豬肉攤和青菜攤的老闆不約而同地睜大了眼，問我是不是改行開飲食店？菜買回來後，才發現問題重重。三口之家，首先碗盤就極度匱乏，小鍋雖有幾個，要滷二十人份的滷菜及供二十人喝的湯，則顯然不足。這時，平日敦親睦鄰的工夫終於發揮了威力——從東家扛回了兩口大鍋子，西家借來了若干碗盤，南家的砧板、北家的菜刀全提了來。

洗菜、滷菜、大鍋湯陸續完工。太陽下山了，外子下班，匆匆扒了兩口飯，兩個人便面對面，各據一張砧板剁起了高麗菜和韭菜來，邊剁邊擠水，臨時用紗布縫製的一口口袋，你搶我奪。

剁菜的聲音在謐靜的深夜裡發出刻板如木魚的節奏，兩人疲累不堪地邊打瞌睡邊剁，直到夜半一點多鐘，總算大功告成。兩人同時如釋重負般的長噓一口氣，竟都齊齊直不起身子。那夜，兩人弓著背匍匐上床，四隻手痠疼得差點兒沒倒掛起來。

本來以爲災難就此結束，誰知也不過是個楔子而已。

次日一早，同學陸續前來，看到一切準備工作業已就緒，吃吃笑道：

「老師，你把工作都做完了，我們來幹什麼？」

兩條膀子痠痛得舉不起來的我，只能苦笑以對。學生捲起袖子來開始包餃子，撒麵粉的撒麵粉，和餡兒的和餡兒，包的和煮的，分成兩路人馬，各有所司，儼然企業化經營。負責爐火的，嫌火勢不夠旺，把瓦斯爐整個翻轉過來，摸摸弄弄三兩下，居然解決了問題，原來是瓦斯行的小開。

爐火轉旺，包好的餃子相繼下鍋，學生或坐或站，邊起鍋邊吃，唯一的飯桌上，生熟食品雜陳，好不熱鬧。

那時，我剛結婚沒幾年，賃屋而居。二十多坪的屋子，一下子擠進了十幾個大男人，霎時間，屋子似乎縮小了許多，摩肩接踵差可形容，眼花撩亂之餘，也沒注意到底來了多少人，直到學生一個個摸著鼓脹的肚皮，直呼：

「我已經不行了，再吃就要脹死了！」

我信步走到飯桌旁一看，不禁倒抽了一口冷氣。怎麼燕瘦環肥的餃子仍盤踞在桌面的各個角落。一位熱心的學生探過頭來數著，共剩五百多個餃子。這時，才有學生來跟我報告：

「×××今天臨時有事回家去了！」

「×××見色忘師，去向女朋友報到去了。」

「×××昨晚吃壞了肚子，留在學校休息。」

於是，下令清點人數，有七位臨時缺席，共來了十二位。五百多個餃子東倒西歪；有的齜著牙笑著，有的垮著臉歪躺著，有的索性開膛破肚耍賴著，有的則賊頭賊腦般張望著，我幾乎是欲哭無淚地哀求學生再接再厲，他們則齊聲告饒。我開始追究禍首元凶，一一統計他們的食量，沒吃夠五十個的，必須自行負責不足之數，學生個個信誓旦旦，宣稱已各盡責任，絕無謊報。

我想到家裡有五百多個張牙舞爪、煮熟的餃子，不禁遷怒起那七位食言而肥的學生，我小人地恨聲警告，要他們傳話回去——小心他們的期末成績！我當然有充分的理由——人無信不立，國文課不就教這些嚒！

不知道是軍校生訓練有素，還是他們看到老師有些動怒，十二人吆喝一聲，把我的廚房及鍋碗瓢盆刷得晶亮不說，飯後的餘興節目裡，更是說學逗唱，極盡阿諛諂媚之能事，逗得老師及師丈歡喜異常，完全忘記了心中的餘恨。臨走的時候，我殷殷叮囑：

「這次包餃子的事，絕不能讓別班同學知道。否則，我可要吃不完兜著走了。」

同學頻頻點頭，只差沒發下重誓，說：

「開玩笑！當然不說！說的人是小狗！」

人走了以後，回到屋裡，觸目又是那五百多個餃子，憂愁霎時逼上眉梢。方才求了半天，請學生帶走，學生分別以各種藉口遁逃，想要致送左鄰右舍，只恨餃子的長相實在不登大雅之堂。外子和我，就分坐飯桌兩頭，日夜不停地吃，一直吃到年底都尚未吃完。

更恐怖的是，第二天到學校去，其他班級的學生都含恨嗔怪老師偏心，半哄半騙地紛紛和我訂下「包餃子之約」，其後數年內，一傳十，十傳百，我完全陷身「餃子局」中，不得自拔。憑良心說，我一直懷恨那隻走漏風聲的「小狗」，從那年行憲紀念日的次日起，便立意把他追緝到案，以報我聞「餃」色變之恨。

遺憾的是，一直到十四年後的今天，仍然音訊渺茫。

——原載民國八十二年五月二日《聯合報．繽紛版》

惹是生非的桌巾

在百貨公司的一角，看見了一疋一疋的印花桌布捲掛著，小小的攤位前，有兩、三個女人，有的正拉開粉紅嫩綠的花布，像買衣料般比畫著；有的則拿著小塊車好花邊的小張桌墊端詳著。我一下子就被其中一疋白底淺紫的花布所吸引，不自禁地擠身進去。

女店員笑容可掬地解說著——寬四尺半的布，長每尺二百九十元。一向對數字毫無概念，光聽到二百九十元，覺得不算貴，便決定爲新買的飯桌添置一件漂亮的衣裳，並順手挑兩塊小桌墊，小姐殷勤的笑問：

「要不要車花邊？」

當然得有花邊囉！有了花邊，桌巾才有婀娜的姿態。我正沉浸在羅曼蒂克的遐想中——風吹簾動，鋪上紫花桌巾的飯桌上，一瓶簡淨的百合靜靜地開放著，我穿著曳地長裙風情無限地倚桌啜著咖啡，這時，錢算出來了，共三千餘元，我嚇了一跳，大概臉上不自覺露出驚訝的表情，女店員拿過電子計算機像連珠炮似的邊說邊算給我看。我的樣子顯然是滿愚蠢的，她看我仍是一副茫然相，乾脆說：

「總之，除布錢外，還有花邊、車工錢，合起來就這樣。」

我有點兒捨不得，想不要買算了，可是，布已經剪好了，不好意思，只好硬著頭皮買下。我敢說，有生以來從來沒有一刻像當時那般對自己的數學程度感到懊惱。

鋪上桌巾的桌子的確顯出動人的風華。每位客人總是對它讚不絕口，但是，在問過價碼後，都不約而同吐了吐舌頭，我不斷地向他們強調：

「划得來的。賞心悅目能提高工作情緒，值得的。」

說著，說著，我覺得這話更像是在遊說自己。賞心悅目是真的，提高情緒則未必。自從鋪了桌巾後，每逢吃飯，我總是如臨大敵。一再告誡家中大小：

「小心一點兒，桌巾那麼漂亮，滴上菜汁或醬油什麼的，那可難看了！」

臨末了，還不忘俗氣的加上一句：

「很貴的喲！」

於是，全家人心驚膽跳地吃著飯，像防小偷般地彼此監視著，尤其在夾每一道距離較遠的菜時，每一個人總不自覺地張大嘴巴隨著險象環生的運送過程露出奇異的表情。我也是從這件事才明確歸納出人類之所以無法很快達成理想的根本原因，乃是由於人們不夠集中意志，常常粗心大意的緣故。

當桌巾終於被滴上第一滴醬油的剎那，一家四口都有如釋重負的感覺，至於到底這滴醬油是什麼人的粗心大意所造成，已經不再重要，沒有人敢幸災樂禍，因爲誰也沒有把握自己能永遠保持不犯錯誤的紀錄，有人首開紀錄，讓所有人安心。奇怪的是，滴在桌巾上的醬油居然沒有四散開來，暗紅的醬油在八隻眼睛炯炯的注視下，奇異地形成一顆頑固的水珠，拒絕化開，衛生紙拂過時，水珠應聲吸起，只留下幾乎不易辨識的痕跡。這一發現，讓全家人歡欣鼓舞，大家異口同聲說：

「價錢貴些是有道理的，防水的嘛！」

外子還鄭重其事地說，它是經過防靜電處理的。我一聽，更是肅然起敬，雖然我完全弄不清桌巾爲什麼得做防靜電處理。不過，它不同於一般的布料是確定的了，這一點對於解釋它身價的昂貴是頗具說服力的。

一天，母親由中部北上，閒聊時赫然發現偌大一塊桌巾居然要那麼多錢，頗爲不滿，說：

「騙肖仔！一條桌巾要那麼貴，又不是搶人咧！」

其後，她每上一次飯桌，必嘮叨一次：

「這樣貴！敢有必要買這麼貴的桌巾？」

「鋪這麼貴的桌巾，敢有卡好看？」

「人家美鳳姨仔伊也有一塊桌巾才三百塊而已，又便宜又防水。」

自從發現它有防水作用後逐漸被平息的不滿，經過母親這一挑唆，又逐漸高漲起來。然而，對於一樁既成事實，這樣的認同除了愈益凸顯我的決策錯誤外，完全於事無補。於是，我開始向母親展開反駁工作，純粹從美學觀點出發，可惜，全不管用，母親以四兩撥千斤之勢，嗤之以鼻的說：

「我就不覺得有那麼好看！」

美醜原是見仁見智，對這樣的回答，我完全沒有置喙的餘地，我開始憎恨那塊惹是生非的桌巾，如果不是它，我何至於須絞盡腦汁來爲它辯護？偏它又沒多少好條件來供我徵引。

一日中午，我自學校匆匆趕回。一早上的忙碌，使人失去了耐性。吃飯時，母親又說：

「我就不信鋪上這麼貴的桌巾，飯就會好吃一些。」

累積的懊惱終於忍不住爆發開來，我沉著臉，說：

「那要怎樣嘛！都已經買了，到底要怎樣嘛！一直講！」

母親頓時楞住了。從不敢和母親說重話的我，話甫一出口，便後悔了，正不知如何善後才好，母親放下碗，幽幽地說：

「我是因爲最近年紀大了，手腳常常不聽使喚，夾了菜，常常掉來掉去，怕弄髒了你們這麼漂亮的桌巾……」

眼淚驀然竄上了我的雙眼，我覺得自己眞是罪該萬死，爲了一張莫名其妙的桌巾，完全無視於母親的心情。我不知所措，只笨拙地把碟內的醬油往桌上一倒，和母親說：

「你看！它雖然不是塑膠的，卻可以防水，你不要擔這個心，湯汁掉在上面，一抹就行了。」

我一邊抽取衛生紙示範，右手抹桌上的醬油，左手抹頰上的淚水。母親佯裝驚異地說：

「哇！眞的吔！這樣看來，正經眞有價值，一點兒也無貴。」

從那以後，每逢母親北上，我便悄悄抽掉那張讓她膽戰心驚的桌布。我們坐在沒鋪桌巾的桌前，喝著咖啡，談著往事，安心而自在。

——原載民國八十二年十二月三日《聯合報．繽紛版》

午後的蝴蝶

車子開上了華江橋，先時還以極緩慢的速度停停走走，直到橋中央時，終於動彈不得。身爲臺北人，遠在交通黑暗期被宣告前，就已被迫訓練出無比的耐心，對隨時可能被堵死在某一個街頭，有了充分的心理準備。中午時分，並非交通尖峰時刻，照說沒有必然的堵車理由，然而，在現今無奇不有的社會，人們早就失去了對眞理進行探究的好奇，因之，被堵在橋上的車子，都只是認命的等待著。

汽車道旁的腳踏車、機車專用道上只有稀疏的流量。橋兩側，不知正進行著什麼樣的工程，鷹架橫七豎八地搭起幾乎和橋面同樣寬的木板步道。一些頭戴黃色工作帽、打著赤膊的男子似乎剛從工作中暫時脫身，正三三兩兩或蹲或坐地吃便當或喝開水。

我痲木地坐在車裡，疲累地等候不明原因的壅塞現象疏解，正百無聊賴，忽然一抹鮮麗的色彩閃進了我的視線範圍。一位戴著寬邊草帽、穿著白色上衣、花綠長裙的女子騎著腳踏車從我的車旁超前而去。草帽下的長髮和長裙的下襬，在微風中飄揚，像一隻彩色斑斕的蝴蝶，霎時間攫住了我的注意力。

女子就在我車子的前方不遠處停下，我以爲她的腳踏車出了什麼問題，正有些爲她著急。她卻似乎胸有成竹地把車子靠邊停妥，小心翼翼地從前方車籃內取出一絡不鏽鋼製的提盒，左右張望著。幾乎同時地，一位穿著尙稱整齊、亦戴著同式工作帽的男子從不遠處的木板步道上飛奔而至，滿臉笑容地接過提盒。兩人間隔著華江橋的護欄，女子殷殷地叮囑著什麼似的，就看那男子幸福地頻頻點頭。也許是一對新婚夫妻吧！我這樣猜想著。圍坐在附近吃便當的三、四個男人突然爆出了一陣誇張的笑聲，男子回頭朝他們說了什麼，女子瞬時羞紅了臉，坐在車裡的我，雖然完全聽不清他們說些什麼，但由肢體語言中卻也猜出了幾分，不禁也微微地笑了起來。

兩個人談了約莫有三、四分鐘。男子突然把提盒放置地上，用雙手比畫著，要女子躍過橋去。女子先還猶豫著、忸怩著，笑容在正午的天空下閃現著出奇的光華。接著，女子似乎被說動了，撩起裙襬，舉起腳，試著跨過護欄。男子一面用肩膀支撐著女子身體的重量，一面還不忘用一隻手小心翼翼地護住女子飛揚的寬裙。這一幕溫馨的畫面使我被功利世界打壓得幾乎蕩然無存的熱情又隱隱蠢動起來。女子尙未完全跨過橋去，華江橋上的車陣卻突然鬆動起來，我的車子被車潮所驅動而徐徐前行，後視鏡裡，那一抹新綠越來越遠，也越來越小，像一隻往遠處高飛的蝴蝶，終於消失在蔚藍的天空。

——原載民國八十二年十二月《中華日報》副刊

迷迷糊糊過一生

去年，幾個報紙的副刊不約而同開闢了專欄，大談迷糊事。有的自己招認，有的掀先生的底，有的揭太太的短，談朋友，說親戚的，五花八門，我拿著報紙開心地哈哈大笑。兒子看來看去，嗤之以鼻：

「這些算什麼！也好意思寫，要比迷糊，誰能勝過媽媽！」

我的笑容頓時被迫僵硬在半空中，張口結舌。家中另外兩名成員，非但不出來爲我說句公道話，還頻頻點頭，表示同意。外子甚至還加上注解：

「絕對找不到第二個了，不管是質或量，都堪稱第一。得空，我好好整理整理，寫出來，包準教他們個個相形失色。」

爲了這句話，這些日子來，我一直寢食難安，深恐有朝一日，形象大毀。因之，決定自行提早自首，據說，刑法上，自首者量刑從寬。

談到糊塗事，我的確有一籮筐。

出門忘了帶鑰匙，早已是家常便飯。鄰居對我經常夥同鎖匠談笑出入，已是司空見慣。最近，我變得聰明，發現去學校中向兒子求援，可以省下一筆可觀的開鎖費，正爲自己如此罕見的睿智而沾沾自喜，沒想到兒子已迭有煩言：

「人家同學的媽媽來學校，都是爲了孩子的功課或班上的公務，只有你每次來都只是來拿鑰匙……」

他的意思我當然明白，他只差沒拿著春秋大義來責備我的「以私害公」。最近，我只要到學校去，兒子便不由分說由教室裡傳出鑰匙來。全班同學都對蔡媽媽耳熟能詳，只要看到我，便提高嗓門高喊：

「蔡含識，你媽媽又來拿鑰匙了！」

面對這樣的反應，只要稍有羞惡之心者，當然都不免要痛切反省一番，因之，有一段時日，我特別在大門內張貼大字報，提醒「勿忘鑰匙」。只是，家中各類鑰匙，實在種類繁多，汽車、機車、自行車，甚至研究室鑰匙，匆忙之中，要做到準確無誤，確非易事，因之，常常仍舊只是白忙一場。

其次是出門了，才想起忘了帶地址，常在街心轉了半天，才怏怏然回返。

有一回，我應邀參加報社副刊所舉辦的文學獎頒獎典禮。因時間倉卒，我順手拎了個牛皮紙袋，便搭計程車前往，直到報社，才被警衛告知在某飯店舉行，我回頭又招了輛計程車往回走，匆匆跳下車，照標示樓層前奔，喘息未定，見招待小姐正要捲起簽名簿，我趕忙搶先一步，在卷尾簽下大名，然後直入會場。裝模作樣在場中東繞西轉，只覺俱是陌生面孔，正惆悵寫作人口流動率如此之高，一位老先生湊到身邊來和我搭訕，大談農產品改良技術云云。

因話題新鮮，我不免多問了兩句，老先生口沫橫飛，越談越起勁兒，差不多過了十分鐘左右，我才慢慢警覺到情況有異，這時，老先生突然想起般問我：

「啊！是啊！你是哪一個農會的？我怎麼從來不曾看過你？」

我齜牙咧嘴，唯唯諾諾。到門口一看，乖乖！紅色橫布條上寫著「農業推廣……」，難怪出席人士個個鄉土味十足，我慌忙奪門而出，原來頒獎活動正在緊鄰的會場展開。

進到會場，見到一干舊識，這才放下心來。端了杯雞尾酒，調整一下匆遽的心境，我款款走向一群女作家中間，優雅地頷首爲禮。

不提防間，一把由兩位計程車司機找下的零錢驀地從牛皮紙袋裂縫中紛紛滾落，一時間，滿地銅板，四下亂滾，大夥兒齊齊彎下腰滿地找錢，不明就裡的人見大夥兒目光炯炯四下摸索，也盲目地跟著彎腰搜索，頓時造成一陣小小的騷動，我也因之出了那麼點小小的鋒頭。

說來邪門，迷糊有時竟像傳染病似的，會一個接一個。多年前的一個夏日，車行過東吳大學城區部，我突然想到可以去領幾個月來的鐘點費。於是，在停車場停妥車子，臨下車前，想到帶著皮包多累贅，便把皮包丟回座位上，順手帶上車門。

等到取了錢，才發現大事不妙——汽車鑰匙反鎖在車內的皮包裡。豔陽天，日頭赤炎炎，我急得差一點沒哭出來，隔著窗玻璃，看見白色皮包靜靜地、優閒地躺在前座座椅上，咫尺天涯，鑰匙在裡頭，錢包在裡頭，我一籌莫展，既然身無分文，只好振作起來，安步當車，頂著大太陽，蹬著高跟鞋，先到貴陽街，鎖店已倒閉；再到桂林路，中午休息；直奔康定路，老闆出去了……熱心人士，相繼指點，我循線奔赴，氣喘如牛，總算在內江街尋到了鎖匠。

鎖匠懶洋洋地，踟躕搔首，我差點兒沒聲淚俱下地求他，他總算勉強點頭，我坐上他機車，風馳電掣，前後不到三分鐘，問題悉數解決，我取出皮包，掏錢付帳，一不小心，碰到上衣口袋，哇！怎麼忘了剛領的一筆鐘點費！

經過這一折騰，眞是元氣大傷。回到家，我撐著幾乎已是半殘的身子，先行洗米下鍋，插上電，預設好時間，在疼痛的腳踝上貼上ＯＫ繃，便四仰八叉地躺下休養生息。孩子放學了，嚷著肚子餓，我胸有成竹地說：

「飯鍋裡有熱騰騰的飯，自己用微波爐熱菜。」

孩子把菜熱了，打開飯鍋，嚷著：

「媽！哪有飯？電子鍋裡只有洗好的米；大同電鍋內熱呼呼的，可是裡頭什麼也沒有！」

原來插錯了插頭。

那天的荒唐事並沒有隨著夜幕低垂而告結束。那時，我在東吳夜間部兼授兩堂戲劇課。爲了下午接連的這兩樁意外，我特別不敢掉以輕心，刻意提早到校，上課鐘一響，我便走進教室。奇怪的是，教室裡居然空無一人。原先，我還自信滿滿，暗自責怪現今的年輕人越來越沒有敬業精神，五分鐘過後，我開始懷疑；八分鐘後，信心盡失。

我驚慌地四下尋找。我一向只在第一週上課時，牢誦教室號碼，其後都僅憑感覺決定方位——大概是大樓的角落邊間。偏是東吳城區部七樓建築，一式一樣，我逐層找尋同一方位邊間，從一樓爬到六樓，終於讓我尋到了一些熟悉的臉孔，教室裡沒有老師，我大大地鬆了一口氣。進了教室，學生行禮如儀，精神似乎特別抖擻，「老師好」喊得震天價響。

我一邊擦汗，一邊道歉。然後告訴他們今天糗事不斷，請他們務必對未老先衰的老師多一分體諒。學生笑得東倒西歪。這時，突然一位頭髮擦得油亮的男教授冷不防推門進來。一看到我站在講臺上，表情錯愕了一下，隨即邊道歉，邊把門帶上退出。我沒料到這麼快就遇了位與我同病相憐的人，不禁開心起來，朝學生慶幸地說：

「幸好！糊塗的看來還不止我一個。」

這會兒，學生笑得更猖狂了。有的甚至捶胸頓足，跌落到椅子下。我決定不能浪費大夥兒的時間，清清嗓子，正想言歸正傳。不想，一張女學生的臉突然出現在門上的小小窗玻璃上，朝我猛招手，我無可奈何地抱怨道：

「你們這些學生眞的很大牌吔！比老師晚到，還不趕快進來，難道還要勞駕老師親自去請！」

我過去拉開門，女學生睜大眼睛問我：

「哇！老師！你怎麼在這裡？害我找得半死。我們全班都在語言教室等你！你不是說這星期看錄影帶『王魁負桂英』嗎？」

天啊！怎麼會有這樣的事！我回頭問教室內的學生，學生異口同聲說：

「我們是你去年教過的學生！」

怪道！看起來這麼面熟！這時，那位油光滿面的男教授拎著〇〇七手提箱滿頭大汗地又繞了回來，口齒不清地說：

「我們再研究研究！到底是你錯了，還是我？」

這回，我可精明了，死不認錯。我面不改色地要賴：

「不是你錯，也不是我錯，是學生認錯了老師！」

——原載民國八十二年八月二十一日《聯合報．繽紛版》

溫柔出擊

每個人心中都有一根脆弱的弦，外表再是強悍，當那根脆弱的弦被溫柔的挑起，誰也沒有辦法禁絕一首纏綿的歌。

不信溫柔喚不回

整個城市陷入永無休止的激辯中。

華隆案是不是利益輸送？閩獅漁是防衛過當抑或蓄意搶劫？帶著孩子去投水的婦人是瘋子還是迷信？警察自殺是情感糾紛抑或工作壓力太大？刑法一百條應該廢止或只做部分修正？學生該不該接受體罰？……新聞媒體，觸目俱是聳動的標題。街頭巷尾，不管男女老少，無論對案情眞相了解幾分，人人都可振振有辭地談得頭頭是道。劍拔弩張的議事堂上的全武行，再也驚嚇不了我們；妻離子散的悲劇只換得事不干己的輕聲歎息；螢光幕上橫陳的屍體一點也不影響到晚餐的食慾。殺人越貨也只是尋常。

臺北被宣告進入交通黑暗期。其實，最黑暗的哪裡是臺北的交通！被強烈、刺激且密集傳遞的資訊所麻痹的人心才是最渾沌不清的，冷漠是現代人的標幟。在捷運系統工程灰飛的塵土中，整個城市顯得灰敗、躁動、鬱結，似乎隨時都有一觸即發的可能。每個人早晨出門都準備和這世界奮力一搏。像刺蝟般，四下尋找敵人。在擁擠的路口，緊握方向盤，彼此冷冷地怒目相視，絕不相讓；在家庭中，冷戰才開始，《孫子兵法》的十二詭道橫亙夫妻、父子間，正一道道地等待被拆解；商場裡，虛假詐僞充斥，只有在利潤上見眞章。書肆中，宗教、心理書籍，逐漸躍居暢銷書排行榜，人心疲累得無法自行擔負，一條平靜清淺的生命之流，成爲人心最迫切的期待。

溫柔不是世紀神話。

那日，經過麗水街。原本就不甚寬廣的行道，因爲兩旁的停車而顯得格外雜亂。來往的車輛小心的閃避著不合法的停車。南向的車道中央，赫然一部摩托車囂張地停放著。北向的行車正因不知情的因素也堵塞著，南向的駕駛人憤怒地按著喇叭，行人駐足議論，大夥兒同心譴責。這時，一位行經的摩托車騎士，停下車，熱心地跑過去把車牽到路邊，遞給憤怒的司機一個笑容及請過的手勢，我看到前後左右的人的臉，都如解凍的春陽般笑了開來，麗水街因之回復了美麗如水的令名。人心原非陷溺啊！只是被驚嚇過度後的茫然罷了。每次開車行經斑馬線，守法地停駐，禮讓行人先行，行人所表現的受寵若驚的表情，總讓我情不自禁地落淚。這蠻橫失序的世界，竟使得人們連正常的善意也承受不起了麼？

報上喧騰著，電視報導著：「體罰學生，老師判處拘役，緩刑兩年。」被告的老師含淚辯解：「學生不服管教，才憤而出手。」學生家長哽咽陳述：「我的孩子並非頑劣，是個好孩子。」他甚至情急地要求：「不信，你們可以去學校查查她一向的操行成績。」事情的眞相不明，雙方各執一辭，莫能論定。旁觀的人急了，紛紛表明立場。教育會全力聲援被判刑的老師，民意代表也領先陳情，立委更據此要求開放適度體罰，甚至連各路家長都慷慨陳詞，支援體罰行動，輿論幾乎一面倒地指責法官判決不當。相對的，一些社福團體如人本、伊甸、婦女與兒童安全保護協會的反對體罰聲音，就顯得勢單力薄，孤掌難鳴。

我放下報紙，不禁深深歎息了。

左膝關節皮下瘀血，左下肢三處皮下瘀血均三乘三公分，左手腕挫傷，皮下瘀血三乘三公分。——這份驗傷報告，告訴我們，縱然老師聲稱糾正學生不當行爲，但傷痕累累，實在很難看出是善意的管教。高縣教育局派員慰問兩位老師不但是不信任司法，而且是變相鼓勵體罰，老師據此案例，灰心地說：「若動輒挨告，以後誰敢認眞導正學生不當行爲。」是避重就輕，混淆視聽，完全無視管教基本上應是「教」重於「管」的教育理念，不脫長久以來即備受疵議的威權教育模式。彷彿除了體罰，對學生就束手無策。當「愛深責切」成了體罰最美麗的護身符時，我不知道，愛的教育還剩了些什麼？

我們有最源遠流長的體罰傳統。《周禮》中就記載著有鞭扑的刑法。但是，體罰眞是教育的萬靈丹嗎？四、五〇年代出生的一群，飽受體罰之苦，如今正大搞示威遊行、跳上議事桌的非理性行爲，我們不禁要懷疑，是不是當年體罰的副作用。小時候，也常遭體罰，卻似乎從不曾由體罰而得到什麼教訓，改變了什麼不良的習性。偷看小說，被揍一頓，仍不改偷偷摸摸偷看雜書的樂趣；考試粗心，手心挨竹筍炒肉絲，也沒有因此而變得較細心；和同學吵架，被老師賞了一記耳光，除了更加懷恨，也沒有變得比較合群。倒是母親難得的淚水教我格外檢點，老師婉言的笑容讓我眞心奮勉，記憶中最美麗的回憶，全是溫柔的體貼。每一個人心中都有一根脆弱的弦，外表再是強悍，當那根脆弱的弦被溫柔的挑起，誰也沒有辦法禁絕一首纏綿的歌。

人生原不盡然灰敗，社會總有一角翩躚亮麗的色彩。當我倚在陽臺上的欄杆，傾聽鄰近中學的升旗典禮，幾年來，一成不變的，從頭到尾只有責備，從頭髮到秩序，似乎一無是處。我總是心傷，爲什麼教育工作只看到了缺陷，而不去讚美德行，那些孩子每日從我家門口經過，不是個個都活潑天眞，教人打從心底歡喜起嗎？當我的孩子甫上國中，從學校興高采烈取回第一張的通知書，上面最後寫著：「以上之註冊手續，若有不依規定者，將依情節輕重，予以懲處。」我就不免扼腕歎息。爲什麼要這樣寫呢？孩子開心地期待進入中學，學校卻如此嚴陣以待，誰會喜歡上學的日子？

不要談體罰吧！孩子再是頑劣，畢竟是孩子，是什麼原因造成他的頑劣，才是做爲老師的應深心探討、眞心憐惜的，只有體罰成爲歷史陳跡，才有資格談愛的教育，我們不信溫柔喚不回。只有彼此溫柔對待，才能治療現代人的冷漠，平息無謂的紛爭，對人間的善意重拾信心。

——原載民國八十年九月十六日《中央日報》副刊

瑰麗的圖畫

穿著短褲，一副勁裝打扮的婦人，由中正紀念堂運動出來。正拿起一個西瓜和路旁的小販討價還價著，突然，一陣騷動，口沫橫飛的小販不由分說拉下活動鐵門，衝向駕駛座，開著車子，轉進附近巷道內，消失了蹤影，留下瞠目結舌的婦人捧著西瓜癡立著。

巷道內，霎時壅塞了起來。

賣魚蝦的、賣衣服的、賣水果的，甚至賣玉石的……躲在居家的廊簷下。一位賣蔥油餅的男子，委屈又憤怒地說：

「這些警察哦！就只會欺負我們這些手無寸鐵的善良老百姓啦！我們也只不過混口飯吃嘛！憑血汗、憑勞力，對不對？又不偷不搶。小偷、槍擊要犯不去抓，盡對付我們這些可憐的小老百姓。……」

大夥兒群起附和，義憤填膺。

警察四下張望著，沒有任何斬獲，快快然坐上警車，揚長而去，躲在廊簷下的攤販，彼此通風報信，又蜂擁而出。杭州南路上又恢復了熱鬧光景。拿著西瓜的婦人好不容易找到了方才的小販，氣喘吁吁地說：

「怎麼搞的？……你要算我便宜一點哦！你看！我這麼老實。……」

小販豪氣萬千地回說：

「送你啦！被警察逮到，罰好幾千元哪！區區五十七元算什麼，我請客。」

婦人喜孜孜地抱著西瓜走了。小販繼續用著粗糲的嗓音喊著：

「買不到的啦！一斤十元，包開包甜，不甜不要錢。松青超市如果這個價錢買得到，我頭給你。……」

車如流水馬如龍。紅磚道被強行霸占，過往行人及大批莘莘學子被迫走在奇險的車陣中，半邊馬路宣告癱瘓，交通因之更形黑暗。臺北正以一種荒謬奇異的面貌拉開一天的序幕。

白天，走在綠樹掩映下的紅磚道，正享受著難得的清閒，冷不防，從後方竄出一輛疾駛的摩托車，驚得你魂飛魄散，機車騎士行駛紅磚道如履平地，風馳電掣，毫無愧色，行人唯一倖存的角落，因之亦告淪陷。而因機車長期的凌虐，使得每一落腳都可能潛藏一個危機，從罅漏的紅磚縫中濺起的汙泥，可能在你的腳脖子及長裙上妝點出各式的圖案，美麗或醜陋，全憑運氣。優閒地走在參天綠樹下的紅磚道，迎著拂面的和風，讓長髮詩情的飛揚，竟成永遠不可企及的夢想。

在臺北，你甚至無法從頭到尾，沿著騎樓走完一條街，各種千奇百怪的行業肆無忌憚地占地爲王。洗車業長期霸占行人道已是眾口交責的不爭事實，而商家把店面無限延伸到騎樓、馬路亦是司空見慣。摩托車橫七豎八地胡亂停放，攤販麕集更是臺北最壯麗的景觀。行人摩肩接踵，撞東擦西，逛一趟東區，能全身而退者幾希？而臺北人的矛盾也正在這裡，圖方便、貪便宜，卻又喜歡求全責備。

從中正紀念堂運動出來，順便在攤販處拎了菜回家。蹺起二郎腿，打開報紙，看到諸多社會亂象，搖頭歎道：

「公權力不張啊！警察都到哪裡去了？任憑交通這般混亂？」

彎腰在騎樓購買廉價物品的人，在家試過了衣服，高踞沙發上，對著電視新聞中的醜陋市容，侃侃而談：

「臺灣就是不行！人家新加坡就有魄力，人家那個街道哦！哪像我們，亂七八糟！我上次到巴黎，你不曉得，那裡的街道有多美麗……」

把機車騎上紅磚道、在騎樓中間做生意的人，晚上，拉下鐵門，和朋友喝茶聊天，把頭搖得像博浪鼓般，說：

「臺灣人就是沒有公德心，檳榔汁吐得滿地，行人亂丟垃圾、亂吐痰。哎呀！臺灣越來越不能住了。」

每一個人心中都有一張瑰麗的圖畫，這張圖畫全仗大家通力合作來完成。只是，大夥兒卻都只看到別人手上骯髒的油彩，忘了低下頭檢視一下自己正在塗抹的顏色。

不貪圖便宜、方便，不向攤販買東西，就是杜絕攤販，還我整潔市容的最根本辦法；不違規營業，不占用行人道，不任意停放車輛，就是對公權力的尊重，也就是使臺北市更加美麗的不二法門；不以似是而非的說法來支持非法的營業，不以投機取巧來求取生存，就是對自我的尊敬，對公平公正社會的積極爭取。

讓我們不只是對一幅瑰麗的圖畫表示嚮往、深致期許，而是人人小心調和手上的顏料，共同來畫一幅讓人滿意的圖畫。

——原載民國八十年九月二十三日《中央日報》副刊

新觀光樂園

臺灣沒有成爲全世界最熱鬧的觀光區，觀光局難辭其咎。我們擁有全世界最特殊的觀光人文資源——立法委員，被ＮＨＫ列入去年全世界十大新聞之一，居然沒有善加宣導，以吸引大批遊客，爲疲軟的觀光事業振衰起敝，觀光局顯然有虧職守。

立法院的拳腳工夫，在現階段雖然和李小龍、成龍等還有段距離，在美感上稍嫌不足，但假以時日，總會讓二「龍」瞠乎其後，由歷年來，立委身手逐漸俐落有致來看，我們有信心如此期待。何況，各種拉、扯、撕、撞、敲、打、潑、灑等荒謬、混亂情節，年年推陳出新，絕無冷場，堪稱中國政治史上最有看頭的景觀。我們甚至可以向世人驕傲的宣示，絕對是舉世罕見的。因此，我們鄭重建議，今後凡是立院開會，一律公開發售高票價門票，以利國庫收入，讓立法委員在勤練拳腳、置民生法案於不顧之餘，也能對社會做一正面回饋。

當然，如公開發售門票，立法院議事堂未免格局太小，最好能移師中正體育館，讓更多立委能盡情開打，而無施展不開之虞；也讓更多中外人士能一飽眼福，享受身歷其境的刺激與快感，而免向隅之恨。最重要的，觀光局局長千萬莫錯失了這個宣傳焦點，應盡快成立專案小組，傾力宣導，讓臺灣立法院的人爲景觀在觀光資源上直追非洲的野獸叢林，我們不信憑我們立委精采且千變萬化的肉搏戰，會比不上非洲叢林中野生動物鮮少變化地展示於季節裡的原始容顏。

一位觀光學者的朋友告訴我，今年夏天，她到印度旅遊，印度導遊在介紹完泰姬瑪哈陵哀感頑豔的愛情故事後，突然納悶地問她：

「去年十月，我接待一批你們臺灣來的國會議員，當我介紹完泰姬瑪哈陵的愛情故事後，有人沉思，有人唏噓，有人徘徊不忍即去，很多人勾肩搭背照相留念。可是，不到一個月，我在電視上看到那些柔情似水的人，那些勾肩搭背親密合照的人居然彼此拳腳相向，這是怎麼一回事？」

我的朋友只能訥訥地打哈哈說：

「滄海都可以變成桑田啊！對不對？……」

好一個滄海桑田！她怎麼能告訴那些異國的人，何需一個月，我們的立委翻臉比翻書還快！那些早上在電視鏡頭前打架的人，晚上可能相挽在臺北市的某一個街頭，淺斟低酌，笑談人生。

當她行經尼泊爾的一個荒涼的村落，正百般向人解說她來自的國家。日本？不是，再西南些；菲律賓？不是，再北邊一點；香港？哦！不……正忙著比畫著，一位村婦興奮地拍手說：

「哦！我知道了？是不是有很多人穿西裝在國會打架的那個國家？」

我的朋友也跟著興奮的猛點頭，半晌後，才發覺這個頭點得眞是可恥。

那些無知的村婦開始議論紛紛，說：

「聽說他們有的是博士，有的是教授，他們爲什麼要這麼做？」

朋友心虛地回答：

「因爲政治理念不同。」

政治理念不同？何其堂皇的理由。可惜村婦們不懂，她們好奇地鍥而不舍地追問：

「政治理念不同就需要這麼野蠻地打架嗎？」

我的朋友只好顧左右而言他。家務事不須拿到檯面上來和外人討論，問題是，我們自己的人也有同樣的疑惑時，又如何能顧左右而言他呢？當你的孩子仰著頭天眞的問你同樣問題時，你也只好無視於近代民主式教育理論，拉下臉，威嚴地說：

「大人的事，小孩子不要管。等你長大了就知道了。」

可是，很多人長大了，還是不懂，同樣的問題在課堂上或聊天時被提起，我總是說：

「今天，我們不談政治。」

政治可以不談，教育卻不能不憂心，暴力傾向在兒童階段隱隱滋生，公然破壞學校公物、結夥勒索不成，飽以老拳，已成國中老師頭疼的課題，那些槍擊要犯被逮時，嬉笑面對媒體鏡頭，儼然英雄人物，使多少憂國憂時之人，愴然涕下，立法院是這些亂象的最佳示範場所，打完架後，各自召開記者會，彼此相互譴責，年復一年。

各地的里民代表的自強活動中，立法院常被列爲重點觀摩地點。一位南部來的里民代表在參觀完立法院開會後，接受媒體訪問，很惆悵地說：

「好可惜！今天的節目不太好看，也沒有打架。」

立院諸公們得再加把勁兒了。老師們多年來辛辛苦苦在課堂上講述倫理道德，好不容易累積起來的教育成果，在一夕之間被你們的拳腳摧毀殆盡；亟待審查的民生法案堆積如山，讓有心做事的人痛斷了肝腸，如果你們再不能夠及時推出更精采的武打節目，連那些愛看熱鬧的選民都對你們失望後，就無所逃於天地之間了。

所以，使臺灣成爲舉世聞名的新觀光樂園是你們最後的生存機會，也是對選民唯一的交代，請繼續努力推出新奇古怪的節目吧！我們拭目以待。

——原載民國八十年十月二日《中央日報》副刊

謊言競技場

剛開始教書時，常被學生的作文所驚嚇，尤其是議論性的文字，全班數十人，寫出來的內容卻像出自一人般，連錯別字都沒有兩樣。改著、改著，簡直毛骨悚然。阿Q些的想法是慶幸學校的思想教育成功，萬眾一心，國家無被顛覆之虞；往深處想，則不免有些悲哀。學生被訓練成不用腦筋思考的應付考試機器。八股制藝、代聖人立言的時代早已過去多時，我們的教育卻仍遲遲不肯自那個噩夢中醒來。

晚上，我檢查孩子的功課，看孩子在學校規定的心得報告中，一再地痛切地自我反省並深致期許必「努力用功」，總不免失笑。因爲實際上，行動和文字根本南轅北轍。孩子振振有辭地辯說：

「我們老師喜歡這樣啊！」

孩子有理由做對他自己最有利的選擇。我發現，但凡寫些較具創意或比較有個人想法的文字，常被老師以低分否決，而只要寫些勵志的言語則必得高分。也就是老師喜歡的是門面，而不希望知道事實。難怪孩子們早就學會了揣摩「師」意，寫些連聖人看了都要肅然起敬的徵聖宗經道理。

我們那個時代的人，很少沒有在作文上寫過「光陰似箭、歲月如梭」的，也幾乎人人都心懷「拯救大陸苦難同胞」的大志。我的一位朋友在回憶一次奪得競賽冠軍時的作文說：

「那次的題目是『稻子』，我在結語中說：『希望我能變成一顆稻子，被撒在大陸神州的土地上，讓在水深火熱中的同胞吃，以拯救大陸苦難的同胞。』回家後越想越懊惱，因爲不管是一粒稻子或一束稻子，實在都無法拯救什麼同胞的。沒想到結果揭曉，居然得了第一名。從此，我便不停地在文章中，到處解救同胞，解救了好些年，直到筋疲力竭才終止。」

在座的人，想到過往的歲月，都笑得嗆出了眼淚。我聯想到上小學時，唯一的一次在作文中說眞話的經驗。作文題目是「我的志願」。當時，我正熱中看野臺戲，瘋狂地愛上舞臺上瀟灑的小生。於是興會淋漓地寫了篇〈立志當歌仔戲演員〉的作文，結果被老師大筆一攢，一篇情文並茂的文字被丟到地上，我撿起來捧讀評語：「不登大雅之堂，重寫。」前面六個字是什麼意思不懂，後面兩字看了心傷。從此，我就知道作文不能寫眞話。於是，志願頓時三百六十度大轉變，變成「偉大的科學家」。老師欣然批以甲上，張貼布告欄上，全校的同學都知道我要拯救整個世界，沒有任何人因爲我的不自量力而恥笑我，因爲不管是張三或李四，好學生或所謂的壞學生，都不約而同在作文中拯救了或多或少的人。如今，歌仔戲演員堂而皇之進入中正紀念堂表演廳，誰敢再說它「不登大雅之堂」！而依我的數學程度，想成爲一個偉大的科學家才眞是笑話。然然而，老師不管，他要的是夢想，不是理想；是神話，不是志願。所以，有一段時間，不管小朋友個人的資質如何，一律立志做「蔣總統」。難怪今天人人好高騖遠，競逐權勢，不肯安於小門深巷的尋常百姓生活。

更有甚者，補習班整理出一些優美或富哲理的語句，交付學生，授與穿針引線工夫，以不變應萬變。一位教書的同儕在批改完某校的插班生考卷後，喟然而歎，說：

「原先看到一篇又引狄更生名句，又引《禮記》、韓非子的說法，並穿插入『一脈青山、一彎綠水，歎天地無限廣大，世界何其美好。在這充滿希望的時代中，但願青山長在，綠水長流……我們焉能不努力，焉能不奮起』等詩情文字，心裡很高興。哪知道，百來篇考卷中，竟然有十多篇同樣字句者，眞是教人生氣！」

這種批發式的訓練方式，和八股文的抄襲五經大全、性理大全，甚至十八房刻本，又有什麼差別，統統是言不由衷。小時候就被訓練成言不由衷的人，長大了，怎能期望他做個誠誠懇懇的老百姓。睜眼說瞎話者有之，強辭奪理者有之，昧著良心胡作非爲者有之，脅肩諂媚者有之，各項媒體其實就是學生謊言競技場的延續。每個人都知道他在說謊，就要看他說謊說得有多漂亮、多圓滿，多麼滴水不漏。如果有人想從社會事件的當事人身上聽到實話或看出眞情，就是傻瓜。所以，我們從來不知道眞相，常常是兩造各執一詞，也許，有人眞的說了眞話，但是，我們習於作僞，受不慣抬舉，習慣以小人之心來忖度。更多的時候是雙方都在說謊，那沒關係，證實了雙方都說謊，就是證實了自己的睿智，觀眾永遠是贏家。所以，說謊話的人痛快，聽謊話的人愉快，大夥兒皆大歡喜。

何必爭執一定得說臺灣話或國語，不管是國語或是臺灣話，我們都有充分的豐富語彙來說謊話，也有悠久的說謊話傳統。習於說謊話的人，可以在手勢修辭上再加精進，還沒有說謊話習慣的人，得加加油，在膽氣聲勢上多下工夫，讓我們一起來推行說謊話運動。

——原載民國八十年十月十一日《中央日報》副刊

湊熱鬧

臺灣地窄人稠，要不熱鬧也難。平常日子裡，城裡人山人海，車多人擠，舉步維艱；逢上假日，高速公路和郊區，更是「車」滿為患，不管是返鄉或郊遊，鮮少不乘興而去，敗興而返的。

然而，中國人一向是越挫越勇的，絕不因為幾次的敗興而退卻。君不見，每年陽明山花季，總是車輛絡繹於途，總有一些敢死隊，不知道真是愛花心切抑或愛熱鬧，不惜進退維谷，身陷車陣中。去年，我的一位朋友從芝山岩開車到陽明山上，共花了三個半鐘頭，到了山上，連車子都沒下，逕自迴轉下山，又花了三個半鐘頭，一個好好的星期天就此泡湯。太太、孩子一路怨聲載道，連櫻花是什麼樣兒，都來不及看。我的朋友是個無可救藥的樂觀主義者，他敘述這件事時，猶自笑逐顏開：

「這就叫湊熱鬧嘛！對不對，如果不是我們這麼熱心，哪能成就花季的令名！所以，每年我都一定開車上去讓櫻花看看我們，就要這樣，才叫熱鬧嘛！」

這樣的樂觀，眞是教人肅然。這樣的熱鬧，基本上是無傷大雅，沒有什麼侵略性的，充其量，只是賠上一些時間，往好處想，說不定因此培養出「靜、定、安、慮、得」的工夫，也算意外收穫一件。

中國人喜歡熱鬧，不止以人多取勝，更常以「聲大」助陣。公共場合裡，高聲喧嘩已成臺灣觀光團體的註冊商標；沒有大嗓門，就顯不出熱絡。尤其是婚禮，沒有勸酒、划拳，沒有臉紅脖子粗的彼此高聲叫囂挑釁，婚禮簡直就不知道怎麼收場。我參加過一位摩門教徒的親友的婚筵，筵席中，以茶代酒，十多桌的客人，個個埋首菜餚，沒有了酒，連話都不會說，全場鴉雀無聲，彷彿有什麼陰謀在底下醞釀著，怪嚇人的。婚禮結束，走出飯店，沒有什麼意外發生，客人個個如釋重負。所以，優雅動人等的形容詞，絕不適用於中國式的婚禮，中國人的婚禮，要有孩子滿屋子亂竄、打破羹匙、弄翻桌椅、大人呵斥打罵、男人鬧酒、嘔吐、鬧新房，搞得人仰馬翻，才算功德圓滿，大人、小孩盡皆安心。

喪禮亦復如此。一家有喪，萬民理應同悲，因此，理直氣壯在馬路當中樹立改道標誌，公然占地搭棚、架設麥克風、念經超渡，聲聞數里，亡魂尚未被渡，附近方圓幾里之內的活人先就三魂七魄盡失。如果有人居然不顧情理一狀告到警局，警察大人還會以「慎終追遠、民德歸厚」的大道理，諄諄向你曉喻，暗示你「殊途而同歸」的人生必然歸宿，勸你「稍微」忍耐，於是，你只能含恨咬牙，誓必在百年之後，以其道還治其人之身，報仇雪恨。然而，這種想法畢竟只是阿Q，這事誰能自己做主！

家住中正紀念堂邊兒，每天九點整，不管你在如廁抑或伸懶腰、讀書或是掃地，都得被迫聽上一曲〈中正紀念歌〉，中正紀念堂的麥克風音量十分驚人，中正先生的偉大，世人皆知，會不會因爲多聽了一曲紀念歌便更深入人心，很値得懷疑。

進入中正紀念堂內，您對中國人之喜愛熱鬧喧嘩必定不會再心存疑惑。四周長廊上，拉胡琴者有之，按聲清唱者有之，唱卡拉ＯＫ者有之，人人心存壓制對方、出類拔萃，音量都放到最大，尤有甚者，裝上麥克風，以橫掃千軍之勢出之，不過區區拉琴、唱曲者兩人，卻所到望風披靡。長廊旁的空地上，跳土風舞的、交際舞的、打太極拳的、練氣功的，都各有發號施令的人，各自聲嘶力竭地企圖搏倒對方，使得中正紀念堂內五音雜陳，一大清早，便充滿了市集的喧囂，立法院扯壞了麥克風，聲音全湧進了中正紀念堂來。

火災發生，趕快去湊熱鬧。

車禍發生，趕快去湊一腳。

飛機失事，趕快去看熱鬧。

……

哪裡有熱鬧，往哪裡去。

沒有熱鬧？沒關係！想辦法自己來製造。

——原載民國八十年十月十六日《中央日報》副刊

一只錶的聯想

小時候，生活艱難，不小心打破一支小小湯匙，母親都要叨念好幾天。一回，絆倒在門檻前，把一鍋紅燒肉盡皆傾倒到泥地上，母親不在，幼小的我，驚慌莫名，顧不了身上的灼疼，先就跪倒，企圖以自我懲處，博取同情。從午後兩點直跪到天黑，母親回來，仍難逃一頓竹筍炒肉絲。那三、四個鐘頭內的惶惶憂懼，至今印象深刻。

如今，經濟狀況改善了，小孩子打破了碗碟，大人的反應通常是先檢查孩子有無受傷，再吩咐穿上拖鞋，免得刺痛了雙腳。別說是紅燒肉不稀奇，即使是再貴重的東西被弄壞了，頂多訓斥兩句了事，鮮少為此大動干戈。

物質不虞匱乏的情況下，惜物的觀念因之日趨淡薄。「一粥一飯，當思來處不易；半絲半縷恆念物力維艱」的古訓，在「消費刺激生產」的觀念下，竟成阻絕進步的落伍想法。現今的年輕人花起錢來，可眞比做父母的瀟灑大方太多。有時，在外頭吃飯，看很多年輕人據案大嚼，從飯前酒到飯後甜點，一應俱全，相形之下，做父母的餐桌上可就寒傖多了。四十歲以上的人很少沒有走過捉襟見肘的歲月，一雙絲襪，用指甲油補了又補，一件襯衫，領口用縫紉機車了又車。經過了那般煎熬過來的人，總是對過度揮霍感到嚴重不安，也無不格外珍惜眼前的富足安定。

科學發達、社會進步、物質充裕，凡事得來容易。有些東西甚至在設計之初，就準備了讓人隨手拋棄。紙杯、紙巾、塑膠打火機，聽說現在還設計了一種現照現丟的照相機，人和物的關係逐漸疏離，再不像以前般親密，傳統不再被尊重。小學畢業那年，我得到了平生第一只手錶，是父親獎賞我考上臺中女中的禮物。我深知在那般困窘的家境中，這只手錶代表了父親多少的血汗和期許，戴它的時候，小心翼翼，須臾不離，一點也不敢輕忽。這只手錶一直用到大學畢業，當時，同學都流行戴細緻、典雅的少女錶，只有我依然一只男女不分的老舊手錶，同學都調侃我可以送去附近的故宮博物院典藏。如今，這錶雖因年代久遠，實在無法正確報時而遭淘汰，但其實並未眞被丟棄，一直戴在心裡。與其說是惜物，毋寧說是更珍惜人間的情緣。

前些日子，去爲兒子修一只錶，鐘錶店的老闆看都沒看那只錶，逕自拉開錶櫃，指著一長列各式手錶說：

「買一只新的吧！現在沒有人在修錶囉！一只錶幾百塊而已，修理費比錶費還貴，划不來的啦！」

經過這一搧風點火，兒子也抗議了：

「是嘛！都那麼舊了！買一只新的給我啦！人家同學都戴好漂亮的錶，我這只又舊又不流行……」

我覺得有些不是滋味，低聲提醒兒子：

「可是，這是媽媽送給你的第一只手錶吔！……」

兒子抱歉地回說：

「是呀！……可是，人家好喜歡比較新型些的。沒關係啦！將來你還不曉得還要送我多少東西哪！……」

兒子如願以償換了新錶，歡天喜地。我悵悵然回到家，想到我的第一只手錶，不禁暗自神傷。不知道是不是人間的情分，有一天，也會像那只被拋棄在鐘錶店裡的舊錶般，靜靜地變成一文不值？

其實，我們擔心的，不只是「取之有盡、用之有竭」的環保觀念的被輕忽，更憂心的是，這種對物的不知珍惜，將導致人際間的不相親，視接受爲理所當然，從不去檢視紫陌紅塵中的緣會到底代表了什麼意義，而徒歎人情澆薄。社會競爭太厲害了，人們爲了勇往直前，養成了隨用隨丟的習慣。行囊裡不願裝置負擔，固然有利前進的腳步，但當你停步歇息時，羞澀的行囊，又能提供哪些可供咀嚼回味的糧食呢？當人人都只追求現實利益，不再珍攝彼此的情分，這世界將變得如何教人傷心啊！

——原載民國八十年十月二十三日《中央日報》副刊

法古今完人？

念書的時候，對教授們尊崇孔子德業的心情，印象最為深刻，四書上若干和現今社會明顯脫節的觀念，老教授們都苦心孤詣的為它們強作解人，多方「關說」。同學們惡作劇，故意拿孔子離婚的事來為難，說：

「既然孔子像老師所說的，幾乎是毫無瑕疵，那麼，他離婚的事又怎麼說？」

那時候，我們年輕浪漫，深信只要正心、誠意就可以使婚姻永保無虞，不免對至聖先生的為人處世起了懷疑。教授的臉色霎時難看了起來，踱過來、走過去，忽然正色的說：

「連孔子這樣的聖人都非要離婚不可，你就知道他那個女人有多麼讓人無法忍受。」

這般幾近耍賴的強辭奪理，引起了鬨堂大笑。沒有人被說服，卻都承認教授的臨場反應確實靈敏。

多年後，我們歷盡了滄桑，對這人世有了較多的了解後，再回首這場師生的對話，也開始有了不同的體會。

光拿孔子離婚這件事來說吧！只要有過婚姻經驗的人大概都知道，離婚理由千百種，但所以造成則其咎難以獨責，恐怕雙方都得反省。用現有的文獻來判斷，這樁離婚公案，恐怕孔子本人難辭其咎。試想，一個人經常周遊列國，怎能常常回家吃晚飯？爲了治國平天下的理想實現，到處推銷，不惜經常換老闆，做太太的怎麼會有安全感？不但如此，我們看看《論語》中專門記載孔子生活花絮的〈鄉黨篇〉，覺得孔子還眞不是個容易伺候的人，席不正不坐、割不正不食、不得其醬不食，不管吃飯睡覺，都規矩甚多，教太太怎麼受得了！你家的床上躺了這麼個聖人，你能拿他怎麼辦？

然而，沒有人會因爲孔子離婚而否認孔子的偉大，就好像管仲在生活上簡直是踰越得離譜，尤其是他對好友鮑叔牙公私分明的決絕，總讓人覺得不盡人情，但一向求全的孔子卻對他的尊王攘夷政策，深致敬意，稱許他「微管仲，吾其披髮左衽矣」。孔子制禮作樂，推行平民教育，有教無類，因材施教，在在教人歎服，他本人沒有成聖的準備，是後人硬要他不許有一點瑕疵的。但凡是個人，就有人的弱點，我們的教育卻是，但凡是偉人，就不許有人性的愛、恨、怨、嗔，他必須「法古今完人，養天地正氣」。

《史記》號稱信史，但是，我們在裡頭看到了許多怪力亂神的神話傳說。歷代帝王，無一不有些奇特的特徵：「髮委地、手過膝」、「日角龍顏」、「體有三乳」、「有文在手曰『王』」、「背有黑子」、「鱗文遍體」，長得多少都有些畸形。很小的時候，我聽了說書的人一再強調帝王將相皆不凡，躲到屋裡檢視一番，手既無「王」字，五官又端正，全身上下也無半點鱗文，就知今生富貴無望，倒也因之能心平氣和地做個尋常百姓。然而，古之帝王，今之總統、閣揆等，也不過是芸芸眾生之一員，他也許影響面較廣一些，但談到重要則未必，現代人總算看清了這神權社會下的迷障，不再迷信神話的外衣，勇於對任事者提出批評，可是，卻又不自覺的拿聖人的標準來求全責備，說錯了一句話便扣上「一言喪邦」的大帽子，寧非矛盾？

我們對現代教育最不滿意的地方也就在這裡——處處強調徵聖宗經，卻往往流於陳義過高，徒勞無功。我一直對大禹治水三過其門而不入的說法，深感厭棄。這個故事本是想強調大禹治水時，因公而忘私的孜孜不倦，然而一個三過其門而能（或忍心）不入的男人，我們怎敢對他有什麼比較高的期許？大禹的重要不在他三過其門而不入，而在他不墨守前人防堵的治水方法而改採疏導的創新上，我們的老師常在「三過其門而不入」上大作文章，這正是忽略人性、誤導學生。我們的教育常跳過怎麼做人的基本課程，而直攻怎麼做偉人：舜怎樣在和後母的多場戰爭中忍辱求孝，花木蘭怎樣躲過同儕的眼光而代父從軍，岳母怎樣在岳飛背上刺上「盡忠報國」以激勵（爲什麼刺在背上？給誰看？很值得懷疑）……尤有甚者，用各種自戕的方法如割股療親，臥冰求鯉來取悅親人，有的崇高到必須超越人類的負荷，有些則又不健康到不合理的境界，孩子們置身其間，既無最佳的選擇，也不如孫震校長有次佳的選擇，有的乾脆學六朝的桓溫「既不能流芳後世，不足復遺臭萬載邪！」而做最壞的打算。

讓人性化的教育趕快取代神性化的教育！與其陳義過高，不若平實溫厚，不要動輒高舉「法古今完人，養天地正氣」的大纛！讓我們多學學怎樣用平常心做平常人吧！

——原載民國八十年十月三十日《中央日報》副刊

閒人不是等閒人

臺北幾乎找不到一個有閒的人，每個人見面第一句話總是問：

「最近在忙些什麼？」

到底在忙些什麼？眞正能具體回答的人，其實不多。大部分的人根本不知道自己爲什麼而忙。中國人一向勤於治事，強調「勤儉爲服務之本」，順手拈來，就有一大把有關奮勉從公的成語，諸如夙夜匪懈、鞠躬盡瘁、宵衣旰食、廢寢忘食、披星戴月、朝乾夕惕、胼手胝足……似乎不這樣，就不能顯示自己的敬業，而這些成語的共同特色，就是罔顧身心健康，但求殫精竭慮。

一位宵衣旰食的官員，能不能永保清醒的頭腦，做出正確的決策？一位鞠躬盡瘁、死而後已的家庭主婦，能不能無怨無尤地長久奉獻心力？一位夙夜匪懈的勞工朋友是否能精確地保持工作的品質？……我們相當懷疑。因此，當報章雜誌頌讚某某官員多麼戮力不懈，一天只睡四小時，我們除了佩服他超人的能耐外，也不禁要擔心他會不會因精力耗竭、神思不屬，而做出錯誤的決策。我們並非鼓勵好逸惡勞，只是對正確的休閒觀念一直未能在臺灣建立起來深表關切。

直到今天，還有許多基層單位在年終發放不休假獎金，官員們星期例假日打高爾夫球健身，也備受疵議；許多老闆仍以不眠不休的精神來激勵員工；外子工作的單位，一個月可以有兩天半的休假，他難得休上一天，我有時埋怨他因公忘私，他總是無奈的說：

「長官都不休，我怎麼好意思。」

合法的休假，儼然變成非法的偷懶，怎麼會這樣呢？

我是個教書的人，我承認常常會有職業倦怠感，這時候，我經常放下手邊的工作，去看一場自己喜愛的電影，雖然看電影時，往往因長久以來累積下來對休閒的錯誤觀念，而使得我無法完全輕鬆下來，甚至還常會有「要挨罵了」的惶惶不安感覺。但不容否認的，一場動人的電影，確實能將我從低潮中拯救出來。

我的學生在考期將近時，常因課業壓力而沮喪，甚至因趕夜車而在課堂上瞌睡連連，我總是無法壓抑把他們帶出教室、擁抱藍天的衝動，而這樣的舉動常要招致物議。偶爾輕鬆一下，絕對有其必要。近年來，臺灣經濟起飛，人民變得有錢，受到西風的影響，一般人也開始知道休閒的重要。但是，因為一向沒有環境來培養，如何休閒變成一個大問題，很多人一生兢兢業業的工作，一旦退休，生活頓失重心，變得古怪難馴，讓家人頭疼不已。尤有甚者，成天疑心自己罹病，頻頻光顧醫院，和其他病患共同切磋病情，儼然拿公保大樓當休閒中心。

一位親戚，勞碌一生，經我們多方開導後，忍痛提出部分積蓄，做了一趟歐洲之旅。回來之後，喟然而歎：

「年紀大了，禁不起折騰囉！行程太緊湊，成天拿著旅行團發下來的行程表，趕東趕西，又怕自己被搞丟了，淪落番邦，隨時看錶，緊張死了。後來，乾脆他們去玩，我待旅館或車上。除了買了些洋菸洋酒，幾乎什麼都來不及看。……元氣大傷啊！」

聽他這麼一說，大夥兒全笑倒了，這是什麼休閒？分明是奪魂之旅！

如何建立休閒的觀念是第一步，如何培養休閒時的興趣是第二步，而怎樣提供正確的休閒活動及休閒場所則是政府責無旁貸的工作。臺灣地窄人稠，怎樣在人群雜沓中殺出一條血路，恐怕需要有非常的本領，因此，除了讀書、聽音樂、蒔花、養鳥等靜態的休閒外，海外觀光已成現在及未來的必然趨勢，怎樣做一趟優游不迫的旅行，必須有較周密的計畫，現今旅行社趕鴨子似的行程，有待檢討改進。

明人宗華淑曾說：

「仕宦能閒，可撲長安馬頭數斛紅塵；平等人閒，亦可了卻櫻桃籃內幾番好夢。」

不管是做官、做生意，或是從事任何行業，如何在閒時蓄存吃緊心思，在忙處掌握優閒趣味，都是人生中重要的課題。元人高房山先生有言：

「不是閒人閒不得，閒人不是等閒人。」

信哉斯言！

——原載民國八十年十一月七日《中央日報》副刊

這世界

臺糖公司賣牛肉、豬肉早已不是新聞。生鮮超市裡，前腿肉絲、里肌肉片、絞肉、排骨、肉塊、火腿……各式肉品擺滿架櫃，臺糖沙拉油也是家庭主婦們耳熟能詳的。臺糖公司正以異軍突起之勢，在食品界裡橫掃千軍，我們幾乎忘了它原先是賣糖的。

附近的美容院，原先光是洗髮、剪髮、燙髮，其後增加項目，開始販售洗髮精、化妝品、保養品，接著女用皮包、襯衫也逐漸登場。最近，更變本加厲，推銷起一種奇怪的所謂「健康食品」，據說吃了百病全消。胖子可以變瘦、瘦子可以變胖，完全是自動調整，腫脹硬塊會不翼而飛、鼻竇炎自動痊癒……這等神奇效果，我自然不信，老闆娘鼓起三寸不爛之舌和我推銷多次不果後，逐漸對我冷淡起來，她只對和她買健康食品的人展開笑靨。聽說賣健康食品的利潤高過洗髮、燙髮太多，見利忘義是人之常情，我也不敢深責於她，只是每次抬頭看到門首高掛的××「美容院」，就不禁搖頭苦笑。

到郵局去。和匯款、寄信有關的窗口只有少數幾個，買郵票、辦郵撥的人，大排長龍，而郵政保險、存款、提款的業務蒸蒸日上，這些窗口後的小姐的笑容也特別光燦可愛。當我們排隊在魚貫前進的寄掛號信人群中，對這種本末倒置的現象，也不免感到錯愕、突兀。

那日，到中央圖書館看書，晚餐時分，踱到樓下餐廳。玻璃門內，觥籌交錯，好不熱鬧，門口豎立一招牌——因辦喜筵，停止供應自助餐。我看到許多人，在招牌前楞楞癡立良久，才悵然離去。依我們小市民的直覺想法，中央圖書館的餐廳不就爲供應在館內看書的人而設的嗎？怎麼爲了辦喜筵而拒絕了它原該服務的對象呢？中央圖書館附近方圓數百公尺內，找不到任何吃食的地方，在館內看書、做研究的人，少則以百計，爲了餐廳辦喜筵，必須遠道外出就食，我們升斗小民，不懂法令規章，不知餐廳如此做是否有失職之處，但總覺不大對勁兒。

這是一個奇異的世代，人們已經見怪不怪。

小學老師推銷參考書和文具、中學教師打著明星學校的招牌到補習班授課、大學的推廣部辦得比正規課程更有聲有色、旅館兼營色情行業、醫院兼賣眼鏡……都不再是新鮮事。我的一位學生因爲參加了過多的課外活動，荒廢了功課而遭學校退學處分，還有一位學生跑來問我一個月賺多少錢，我才發覺他賺的錢比我還多，因爲兼了好幾個工作，我正嚴厲警告他莫蹈前人覆轍。我還搭過一輛計程車，前座儀表板附近，掛了好幾排手錶，他開計程車外，兼賣手錶。我沒有答應買錶，他把車子開得飛快，我差點兒從窗口跳出來，虎口餘生，難以忘懷。更稀奇的是，我見過一個店面，一邊賣豬肉，一邊出售佛珠、佛具，眞是令人吃驚。不知是因爲殺生太多，才決定積德普渡眾生；抑或出售佛具，難以維生，才決定賣肉貼補？

有一天，也許學校會開始賣錄影帶，電影院成立教學部，愛迪達賣沙拉油，新東陽出售女用皮包，立法院開辦武術館，行政院兼營辯論補習班，鐵路局開辦保險業務，醫院兼設葬儀社……誰敢說不可能！

這世界！

——原載民國八十年十一月二十五日《中央日報》副刊

說眞話

孩子就讀的學校，在周會時間，爲他們請來一位醫師主講「變化中的自己」。兒子在周記上寫著：

這次演講，十分精采。讓我們了解到自己的生理，更讓我們得到心理上的平衡，可以說是獲益良多。

我看了周記，向他表達羡慕之情，告訴他，我們小時候可沒有像他們一般的好運氣。他撇了撇嘴，說：

「哪有哦！單調、枯燥、醫生的口才又差，像唱催眠曲，我們同學好多都差點兒睡著了。有什麼好羡慕的。」

我大吃一驚，問道：

「既然如此，爲什麼在上面寫『十分精采』，你可以寫『口才稍差，應加改進』呀！」

兒子聽了這話，顯然比我更加吃驚，說：

「現在哪有人在周記上說眞話！開玩笑！寫了眞話，老師鐵定會在本子上評語——不要隨便批評別人，我們都寫應努力用功啦！要改過自新啦！這樣才會得高分。」

我後來翻閱他其他篇章，果然只要稍有不同的議論，便被老師無趣地低分封殺，難怪孩子要視說眞話爲異端。

而我，也因爲不小心說了次眞話而飽受煎熬。孩子有一回拿回一張輔導室徵詢表，誠懇地要求家長提供學校各項建議。我在表上誠實地轉述了孩子的某位老師在課堂上信口開河地傳播一些錯誤的知識與觀念，建議校方平日應多提醒老師謹愼言談，以免錯誤引導。沒想到該位老師竟到班上大大地興師問罪，調查是哪位家長所爲，並誣指爲寫密告信。害得小犬被班上同學視爲洪水猛獸。其後，只要有人到教育局告狀，大夥兒便竊竊私語，以爲是小犬所爲，害得孩子委屈地涕泗漣漪，到處闢謠，弄得我心亂如麻。

從此，我也開始視說眞話爲恐怖事。其後學校又陸續發下多張問卷。我得了教訓，只敢敬謹塡上：「多謝老師教導。」

——原載民國八十年五月十九日《中時晚報．時代文學》

副篇

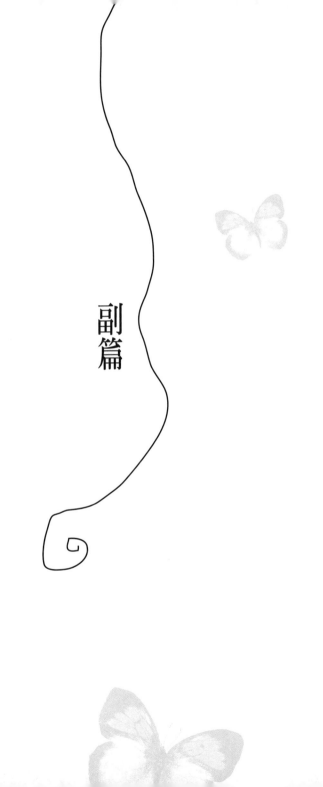

一次在台大醫院就診的經驗，意外引發一場熱烈的醫病論戰。

拙作〈你有資格生病嗎?〉敘述了筆者一次荒謬的就診經驗，刊載於民國七十九年元月八、九兩日《中國時報·人間副刊》後，曾引起廣大的迴響，醫生與患者各就立場，抒發感慨，對目前的醫療行為及體制有較為深入的反省。除了刊載於報端的論戰外，筆者尚接獲若干讀者的來函，或慷慨陳詞，或痛切指責，顯見醫療行為的雙方，在長期的缺乏溝通下，均有話要說。這樣的溝通，實有助於彼此的了解，是很有意義的。然時隔數年，當年參與論戰的作者，有些已遍尋不著，未能徵求同意轉載，因此，僅能選載其中的三篇，以見其來龍去脈。在此謹向慨允轉載的席慕德教授、宋成龍醫師、邱震寰醫師表示由衷的謝意。

你有資格生病嗎？

廖玉蕙

你有資格生病嗎？看病前，請反躬自省：

你的體力好嗎？你禁得起長時間排隊掛號、等醫生嗎？

你的耐性足嗎？你耐煩得了醫護人員的百般刁難嗎？

你的臉皮夠厚嗎？你能夠不在乎醫療人員閒來的消遣揶揄嗎？

你有逆來順受的涵養嗎？你能忍受諸多的無理待遇而仍不怨不悱嗎？

你的反應夠靈敏嗎？你能「望」出醫生的心情，「聞」出空氣中不尋常的氣氛，而善自珍攝，不觸大夫之怒嗎？

你能舉一反三、聞一知十嗎？你能由醫師惜「話」如金的嘴裡「問」出端倪而「切」中醫師的語焉不詳的判斷嗎？

你夠寬宏大量嗎？你能原諒醫療過程中醫護人員所犯下的所有過失而不氣壞了身子嗎？

以上數點皆備的人，也並非就能安枕無憂，放心生病。病情若大到須住院治療，則所須具備的德行，就非僅以上區區數端了。你還必須有達官貴人或醫生朋友爲你打電話、攀關係、訂床位；甚至還得有豐富的知識，足夠判斷醫院的量血壓機是否正常，緊急拉鈴是否仍能發生聲響（如能自行修理更佳），否則，還須鍛鍊強健體魄，培養有力的丹田，以備於血壓被降得過低時能僥倖活命，於緊急求援時得以聲聞數里……

以下是我的一次就醫經過，提供諸君參考。幸自珍衛，毋步後塵。

右肩上不知何時凸起了個硬塊，那日，看電視時不經意間摸到，有些兒詫異，也不拿它當一回事。直到周遭的人頻頻出狀況，相繼在良性瘤或惡性瘤間憂心落淚，才在家人催促下去公保大樓一探究竟。

「是腱鞘囊腫，沒大關係。開刀或不開刀都可以。」

醫生一邊在診斷書上寫著潦草的英文字，一邊輕鬆的回答。我鬆了一口氣，站起身，穿上外套，臨出門，多事地問了一句：

「不開刀會怎麼樣？」

「不怎麼樣，只會越來越大。」

越來越大？這還「不怎麼樣」！我大吃了一驚，轉回身，睜大了眼，問：

「變大以後，會不會轉成惡性瘤？」

「那我就不敢保證囉！」

醫生聳聳肩，簡淨地接著說：

「簡單！如果不放心，開刀拿掉，只要住院七到十天就可以了。」

那天晚上，我作了個奇怪的夢：客廳的茶几、沙發甚至地上都堆滿了衣服，我就坐在衣服堆中，俛首斂眉地用刀片拆著每件衣服上的右邊墊肩，因爲腫瘤已長成了墊肩般大小，右肩再用不著墊肩了。

半夜裡驚醒過來，按了按肩膀，似乎眞的又長大了許多，幽幽的暗夜裡，我感覺到它似乎正以極其驚人的速度膨脹著。我搖了搖在身邊呼呼大睡的人問：

「如果是惡性瘤死了，怎麼辦？」

「啊！什麼？好呀……」

他迷迷糊糊地回答著，翻了個身，又睡著了。我有些寂寞又有些生氣，決定找個時間去開刀，絕不便宜了他，篤定要和他周旋一生。

爲了怕診斷錯誤，第二回上公保大樓，我刻意找了別個醫師。可恨的是，這回，醫師連看都不看一眼，便說：

「你打算到哪兒轉診？」

我挑了離家最近的臺大，心裡盤算著住院期間，可以找什麼人來幫忙，沒想到大夫居然說：

「不需要住院，門診開刀就行了，回家多休息。」

我覺得奇怪，問：

「可是，上回那位醫生說得住院一星期左右呀！」

醫生踐得個二百五似的，頭都沒抬地說：

「得看是上哪一個醫院開刀呀！我們臺大哪有病床給你住一星期！」

這下子我才算茅塞頓開，原來住院與否端視有無病床，而不是病情如何，我學會了現代醫學第一課。

拿了轉診單後，心裡篤定多了，想到不須住院，肩上的腫瘤摸起來好像也小了不少。工作一忙，加上素來對針藥的恐懼，又拖延了大半個月，直到轉診的有效日期快過了，才匆匆找了個下午到臺大醫院。

在醫院大廳服務臺人員親切的指引下，我循線找到了掛號處。乖乖！掛號隊伍長龍似的，從沒到大醫院就診的經驗，看了這長排隊伍，眞不知如何是好。積以往在各種排隊場合排錯隊伍之經驗，我決定先確定正確之路線，以免耗時又無功。我繞過迤邐的人牆，攀到窗口前，掛上謙卑的笑容：

「請問我掛骨科公保轉診，是不是也在這兒排隊？」

窗口裡的小姐板著臉孔，不高興的斥責：

「去！去！去！到後頭排隊！」

我帶著被羞辱過後的難堪，乖乖地循線回到隊伍的最後。看錶，一點十分。隊伍在一點三十分後開始像蝸牛般前進，兩點三十分左右，終於輪到我，我遞上證件，說明掛號科別，她看都不看一眼，順手把資料往旁邊一推，說：

「下午沒這科，明天早上再來！」

我楞在當地，麻木地被後面的人推擠出掛號窗口，心裡眞覺得慘痛。不知誰說的，人一到了醫院，便完全沒了尊嚴，我如今總算眞切的領悟了，耗費了大半個下午在一個原可避免的、無意義的等待上，有多少病患禁得起這般的折騰？這人世的冷漠是早已確知的，然而，一旦眞正落實到人生來，仍是教人心驚。

第二回，我有了經驗，帶了兩本書去排隊。長龍依舊，但是我有書爲伴，倒也不難打發，從早上七點十分到九點二十分掛完號爲止，正好看完一本《等待的哲學》的書，理論配合實際，我自認對耐心等候有了嶄新的認識。

等候門診的時間，我翻開第二本叫《如何抗拒焦慮》的書，由焦慮形成的原因開始細細看起。時間一點一滴地過去，我不時抬起頭查看閃著應診號碼的燈誌。到十點半左右，我確信自己已有足夠的理由加入焦慮者的行列了。家裡的髒衣服忘了放進洗衣機裡，學生的作文還有一大疊未批改，報社編輯的催稿電話鈴聲交相在腦海中鳴響，房子的貸款該繳了，女兒的數學像一盆漿糊，郵局裡還有一封等著前去領取的不知是誰寄來的掛號信，書桌上還有一篇等著下結論的學術論文……而我像傻瓜一樣呆坐在這兒焦慮地看一本叫《如何抗拒焦慮》的書，只爲了排一個門診手術的時間，從早上七點直等到十點半，前面的燈誌仍遲遲不肯發出慈悲的光芒。管它什麼腱鞘囊腫！我本想拂袖而去，然而，既已等了那麼許久，只好拿常訓勉學生的「功虧一簣」的道理來自勉一番。

終於，再差一號就輪到我了。正當我重整委頓的旗鼓，想以昂揚的鬥志再度和焦慮抗衡時，燈誌突然一閃，又跳回了五號。我手腳一軟，那本抗焦慮的書終於潰敗的滑落醫院冰冷的磨石子地上，跌出了黯淡灰敗且充滿焦慮的容顏。

終於見到了醫師。慭了一整個早上，一肚子的委屈，正想和他細說從頭。他瞥了一眼轉診單上的記載，做了個制止的手勢說：

「你應該掛骨科，這是骨科大夫開出的轉診單。」

我嚇了一大跳，想到要重新再去掛號，我的臉都綠了，急得舌頭差點兒打結，說：

「可是，我還特別請教了掛號的小姐，她說這是外科手術應該掛外科的。大夫！就請你可憐可憐我吧！我從七點多開始排隊，一直耗到現在，要我重新再去掛號，我只好……」

「一頭撞死」的口頭禪差點兒脫口而出，大夫倒是個體貼的人，大概也不忍看我這般的知識分子發誓賭咒，忙接口：

「別急！別急！……蜜斯黃，幫她轉到八診骨科去。……你跟護士小姐從裡面過去。」

我感激涕零地再三彎身致謝。到了骨科，骨科大夫皺皺眉頭說：

「你是要開刀嘛！開刀到這兒做什麼？你到十三病房去安排開刀時間就成了。」

我捧著那張轉診單直奔臺大最後方的十三病房，七彎八拐的，終於在一個暗無天日的角落尋獲。燈光下，一屋子的醫生、護士各自忙著，我幾乎是卑躬屈膝地請教，總算找到了一位可以當家做主的醫師。他一邊和別人說著話，一邊拿出一張小紙片比畫著，我莫知所以，惶恐地肅立等候進一步的說明，來向他請示的人絡繹不絕，得了個空，他說：

「現在沒有病床，先留下你的姓名、電話和地址，有病床時，我們再通知你。」

又要住院？丈二金剛的我被攪得糊裡糊塗的，納悶地問：

「要住院嗎？住多久？不是說不用住嗎？」

「大概三天左右。」

我長歎了一口氣，留下電話號碼。心裡忐忑不安地沿著中央長廊走回大廳。長廊上，各式人等面無表情地來來去去；有大踏步衝刺的醫師，有坐在輪椅上表情麻木的患者，有帶著水果探頭探腦尋找病房的探病人，也有佇立窗口茫然沉思的身分不明的人，當然，更多的是像我這般在大海中泅泳卻抓不到浮木的……像一場無聲的電影，鏡頭裡全是生死的掙扎，而長廊外的花草樹木卻活得恣肆囂張。

經過公共電話邊兒，聽到一位穿著制服的護士摀著左耳，語調匆促地對著話筒說：

「……對……幫我掛進一張農林的，什麼……就照牌價。啊……味全多少？就這樣，病人在等啦……」

這眞是一個荒謬的世界。護士擱下正和死神展開拉鋸戰的病人，而投身另一個金錢的追逐戰，而我，小題大做地爲了一個小小的腫瘤，放下大堆的工作，任憑這些故示鄭重的醫師擺布。

我遵照轉診服務臺小姐的叮嚀，回來和她們報告結果。小姐看了轉診單說：

「你的轉診單到明天就逾期了。如果今天沒排定開刀日期，你就得回公保大樓再重新來過。」

這時，我不得不承認，醫院的確是一個最能製造驚異效果的地方。這件事可眞是非同小可。好像玩一種過關斬將的遊戲，費盡了力氣，好不容易快接近終點時，突然有人出來宣布，剛才統統不算，一切得從頭來過，而且連什麼理由都沒有。我忙問有沒有方法補救？她埋怨地說：

「你們這些人就是這樣，總是等到期限快過了才來……現在除非你請大夫幫忙，今天就排定日期。」

我飛也似的原路折回。那位當家的醫師已不見蹤影。我束手無策，決定賴在那兒等。一位護士小姐說：

「沒用的啦！沒病床，他怎麼給你排時間！我看你還是重新到公保掛號吧！」

我垂頭喪氣的回到大廳，轉診處的小姐又說：

「哎呀！這不行的啦！如果沒排定時間，你這張轉診單今天就得繳回，我們得對公保處有交代，你得讓剛才那位大夫幫你簽名說明爲什麼不能在期限內完成手術。」

「可是，他不在呀！」我無力地掙扎著。

「不會不在的啦！大概巡病房或到洗手間什麼的，應該會回來的，你等他一下嘛！」

我腳步沉重、神情委頓的第三度穿過中央長廊，由前廳直走到最後方的病房時，覺得自己和坐在輪椅上的病人幾乎已沒什麼差別了。再這麼可笑地奔走下去，我篤定自己不必等到手術開刀，就得因心臟衰竭或其他什麼的而提前住院了。我後悔沒把兒子的滑板帶來代步。

尋尋覓覓，使出了小時候看來的亞森・羅蘋的偵探工夫，終於在一個角落的研究室門口逮到那位醫師。醫師聽完了我聲淚俱下的陳述，不耐煩地抱怨：

「眞是官僚！醫生當這麼久，從來也沒遇到過這樣的事。還得交代未開刀的原因！」

我哈著腰，陪著苦笑，夥同著數落，他想是同情我的狼狽，施捨般地從上衣口袋裡掏出一枚印章蓋上，擺擺手說：

「我蓋章，至於什麼理由你自己寫，我才不寫，眞是豈有此理！」

經過這一番折騰，可謂元氣大傷。我休養了幾天後，找了個時間，決定再接再厲，重到公保掛號。沒想到快輪到我時，先前那位醫生的名字上突然亮起「額滿」字樣。不瞞您說，我眞是

「萬念俱灰，了無生趣」呀！一位同時排隊的人，見我失魂落魄，好心地傳授我祕訣——等門診開始，再找醫生加掛。

我帶著姑妄信之的心情前去，醫生問明緣由後，輕描淡寫地說：

「哎呀！還掛什麼號！不是跟你說了，不必住院，只要門診開刀嘛！這些人搞什麼！你再去臺大，掛一號門診，就說排門診開刀時間，很簡單的。」

我實在快氣瘋了。怪不得有那麼多的父母堅持強迫孩子學醫，受這麼多氣，還申訴無門，乾脆把醫院開在自己家裡。

我連奔帶跑，恨不得踩個風火輪，終於趕在掛號截止前奔至臺大。醫生排定日期後，只簡淨地囑我前去記帳繳款。繳款完，小姐讓我去取藥，我當是聽錯了，再問一次，小姐不答理，逕自叫下一位。我只好按照指示，訕訕然去大廳取藥。

爲什麼要取藥呢？是什麼藥呢？還是一些手術器材如手套、剪刀之類呢？如果是，又爲什麼發給患者保管呢？還是領取後交給醫護人員呢？我滿腹狐疑，不得結果。

領藥處遞出了一袋子藥，厚厚的，看起來挺可觀的。我虛心請益：

「請問這是做什麼的？」

小姐楞了一下，旋即反應靈敏的調侃我：

「藥是做什麼的，難道你不知道？小姐，藥是吃的。」

說著，還把食指往張大的嘴巴比畫了一下，引得四周的人哈哈大笑。我脹紅了臉解釋：

「不是啦！我是說這藥怎麼吃？」

「怎麼吃這上面都有說明，你認得字吧？」

小姐想是受到那些笑聲的激勵，益發地尖嘴利舌。我接過來匆匆瀏覽，不過說明「空腹食用」、「飯前」、「飯後」……等，我又湊上前去問：

「我是說什麼時候開始吃呀？」

那位小姐露出幾乎是不敢相信這世界還有這麼愚蠢的人的表情揶揄我：

「小姐！藥當然是生病的時候吃，你難道等病好了再吃嗎？」

我不敢再逗留下去了，拋下一屋子的笑聲落荒而逃。

爲什麼要吃藥呢？我一直反覆尋思。到了夜裡，我突然想起是不是這藥可以軟化腫瘤，使手術時較容易摘取。如果是，那麼距離開刀還有一星期，這三天份的藥到底該現在吃呢？還是等快開刀的前三天再吃呢？我把這些想法和外子研究，外子雖斥爲無稽，卻也想不出個所以然來。到學校和同事閒聊，同事一致的結論是：

「還不是些維他命之類的，反正吃不死人的。公保嘛！醫院就隨便開些藥賺錢呀！」

既然吃不死人，我就乖乖地按指示服用。三天後，藥吃光了，便靜候開刀。

開刀那天早晨，女兒一大早揉著發紅的眼睛，神色倉皇的衝進我房裡，抱著我痛哭：

「我夢到你被切成兩半，變成兩個細細長長的人，頭髮直直的，眼睛也直直的，臉細細的，我不知道要親你什麼地方才好。」

我被她說得毛骨悚然。然而，萬萬沒有被一個九歲小女孩嚇得打退堂鼓的道理。午後，我在外子陪同下，硬著頭皮上路。同時段開刀的還有幾位中年婦人，大家互探病情，有胸部硬塊、頭部腫瘤，也有腳踝異狀，大夥兒換上手術衣，彼此勉勵一番，分別躺上手術檯，任憑宰割。

醫生很年輕，全副武裝，口罩、帽子、手套，但由說話口音及五官露出部位判斷，絕非我接觸過的任何一位。手術刀和麻醉針交替使用，我感覺刀子在骨頭上刮過的痛楚，但非不得已，我不敢隨便亂喊痛，我想起一位老師說過，他曾在開刀時，因爲痛楚難當而沒辦法忍受醫生和護士輕忽地打情罵俏，出言制止，結果醫生悍然指揮護士：

「多給他打些麻醉藥，教他閉嘴。」

約一小時左右，終於大功告成。醫生吩咐護士扶我起身後，脫下手套，隔著口罩，語音模糊的說：

「好了！回去把藥吃了就可以了。」

我靈光一閃，大驚失色，忙問：

「藥！什麼藥？」

醫生奇怪地反問：

「上次排開刀時，難道沒開藥給你嗎？」

我腦子「轟」地一聲，霎時一片空白，頹敗地斜靠在手術檯邊兒，無力地問：

「那都是些什麼藥呢？」

「止痛藥、抗生素和胃藥呀！怎麼？……你該不會已經把它吃光了吧！……」

這未免太過荒謬，偌大的醫院，枉擔虛名，居然用這樣的態度來服務病患，怕是不知道有多少患者因爲如此的輕忽而喪命！我僵直著手，虛弱地沿著開刀房外的長廊往外走，坐上電梯，門開處，十數雙焦灼的眼睛齊齊地直射過來，我竟然有些愧赧，爲著這般的劫難卻依然能夠偷生。想到多少正和死神拔河的人是如此熱切對醫院寄予厚望，走到醫院外璀璨陽光地的我，沒有劫後餘生的喜悅，只是步履沉重。而一顆心，就如女兒所說的，被切成了細細長長的，好痛！

——原載民國七十九年一月八、九日《中國時報·人間副刊》

誰有資格生病！

宋成龍

拜讀了〈你有資格生病嗎？〉（一月八、九日人間副刊），對廖玉蕙女士的慘痛遭遇深感同情。廖女士妙筆生花、語多嘲諷，相信受過臺大醫院「虐待」的患者讀罷，多能一舒胸中惡氣。但嬉笑怒罵之餘，仍有一些問題值得我們反省。

綜觀令廖女士「萬念俱灰、了無生趣」，恨不得「一頭撞死」的臺大經驗，實乃肇因於醫院行政人員的官僚作風，而更精確地說：是整個醫療官僚系統的不良體質；廖女士不是自費病人，她的醫療費用係由所謂的「第三團體」（The ThirdParty）——公保來給付，又經過了轉診的手續，這中間自然有不少的科員文書作業，掌理業務的先生小姐各有所司：掛號、批價、收費、電腦登錄、分派藥材……一如裝配線上的機器，按一定的作業程序做著固定而重複的工作，沒有人會在乎廖女士因人生地不熟排錯隊，將浪費一個上午的時間，也沒有人會關心廖女士因不了解手續而在長長的中央走廊來回奔波的痛苦……撇開咒罵一句：「官僚！」時的情緒，嚴格來說，醫院的行政人員並沒有「失職」——廖女士排錯隊、跑錯門診，甚至吃錯藥都不是這些行政人員分內的職責，充其量只能責備他們修養不好；廖女士不明白服藥的方法，應回去請教開處方的醫師，領藥處的小姐只是根據電腦傳輸過來的指令配藥，並不了解病人的病情，除了爲人有失厚道，並不能責備她失職——除非她配錯了藥。這是現代科層官僚體系的特性：龐大繁複、分工細密、強調標準作業程序而忽視個性……即使是令廖女士深惡痛絕的行政、醫護人員，也不過是此一官僚體系中的一個小分子，並不能決定「機器」運作的方式。唯一博得廖女士讚語的「醫院大廳服務臺人員」，實際上屬於由退休醫護人員、醫師夫人所組成的義工團體——常德會，他們的體貼善意沖淡了醫院官僚系統的非人性冷漠，卻無法改變組織基本的體質。

轉診到臺大醫院，也許是造成廖女士悲劇的「錯誤的第一步」；「腱鞘囊腫」似乎沒有必要在國家醫學中心處理，這種不分級、大鍋煮式的醫療制度只是徒然浪費醫療資源、降低醫療品質；以筆者在臺大醫院見習的經驗：我們的教授一個上午看五、六十個病人，有一半以上是可以在地方醫院得到妥善處理的。試想：一個上午看五、六十個病人，怎麼能要求醫師耐心聽你細說從頭？醫學院的教授整天忙著看門診、開刀，還有多少心力可以投注在研究和教學上？廖女士也許不知其故，而把自己排隊掛號、候診時所累積的怨氣出在醫師身上，似乎有失公允。

廖女士大文所暴露出的另一個嚴重問題是：醫院、民眾聯合「吃保險」；看看廖女士在不清楚服藥方式的狀況下問道於盲，與她作育英才的同事們竟得到這樣的結論：「還不是些維他命之類的，反正吃不死人的。公保嘛！醫院就隨便開些藥賺錢呀！」這話是從受過高等教育，而且正擔任教育國家下一代的一群老師口中講出來的！難怪鄉下的歐巴桑要拿勞保單換沙拉油、衛生紙；難怪公保歷年累積財務虧損達一千六百億，而且每年仍有三十億的赤字！反正保費已經從薪水裡扣掉了，醫院隨便開些藥賺錢，被保險人也隨便拿些藥「撈本」，多拿些藥回去，有病治病，沒病強身，皆大歡喜，何樂不爲？

廖女士大作刊出的時候，也正是衛生署、勞委會、醫事團體、工會……爲了新的勞保給付標準爭得天翻地覆的時候，而廟堂諸公仍昧於現實：猛開支票——一再提前開辦全民健康保險的時間。

官僚民刁，長此以往，誰有資格生病！

——原載民國七十九年一月十二日《中國時報・人間副刊》

官僚民刁乎？

廖玉蕙

一月十二日宋成龍先生〈誰有資格生病！〉一文就拙作〈你有資格生病嗎？〉提出若干回應與挑戰。語多爲醫師及醫療行政人員辯稱，一味推諉責任於醫療體系之不健全，如非我多心，並強烈暗示筆者之無知，以致咎由自取，其若干論點，實教人不敢苟同：

一、宋文強調筆者因非自費病人，係由公保給付，手續繁瑣，致有諸多怨言，似乎意味著只要自費就診，就能得到滿意的服務。這樣的推論是否能得到大多數的認同，相信包括宋先生在內的所有病患皆心知肚明。醫院長久以來的老大作風，早已眾口交責，豈只公保病人，宋先生應不致獨昧於事實。

二、宋先生一再說明，拙文中所說排錯隊、跑錯門診，甚至吃錯藥，均非醫療人員失職，「充其量只能責備他們修養不佳」、「爲人有失厚道」、「是現代科層官僚體系的特性」，彷彿只有在醫療技術上出錯，才能加以深責，至於「失厚道」、「修養不佳」純屬個人脾性，與醫療行爲渾不相干。殊不知臺灣百分之八十以上的醫療糾紛，追根究柢，皆肇因於醫療態度之不良。筆者之所以寫作該文，毋寧是更關切醫院中對「人」的極度不尊重。此點雖爲現代社會之普遍病態，但不容否認，醫院中表現尤烈。筆者曾寫作若干描摹現狀之文字，然接獲之迴響從未如此次之熱烈。讀者羽電交馳，紛紛提供所受非人道之待遇，其內容之多且駭人聽聞，即續篇亦不足道盡，其重心亦不過患者尊嚴之蕩然而已。可見這種宋先生所謂不失職之「失厚道」、「修養不佳」之爲禍實千百倍於失職。尤其，其中提到吃錯藥部分，依宋先生之見，純係筆者無知所致。其實，我們是否更應重視病患寧冒吃錯藥之危險而怯於見大夫冰冷、不耐煩的臉色之事實所代表的意義？何況，如宋先生所說，醫師半日之內看五、六十位病人，其缺乏耐性可知，就應未雨綢繆，於方法上改進，如能在藥袋上註明「手術後服用」字樣，豈不簡明扼要。醫院捨方便而求麻煩，卻一味求全於病患，豈非另一種失職。宋先生曾於醫院實習，想亦爲醫療人員之屬，如此厚責於人，少求諸己，正顯示醫療體系之流於官僚，其來有自。

三、宋先生結語醫療制度未上軌道乃因「官僚民刁」，亦難令人服氣。誰不知病患一到醫院，除非官高權重，頓成弱勢團體，任憑宰割。官可僚，民豈有資格刁？醫院隨便開藥賺取不當之資，長久以來，早已盡人皆知。大學教授僅就現狀指陳，卻被宋先生責爲「難怪鄉下的歐巴桑要拿勞保單換沙拉油、衛生紙」，彷彿作育英才之教師率眾先行，如此倒果爲因的說法，徒然暴露宋君邏輯上的錯誤，吾人非但不敢苟同其說，並要深致抗議之意。

——原載民國七十九年一月十四日《中國時報·人間副刊》

仁心仁術何處尋

席慕德

廖玉蕙女士的大作〈你有資格生病嗎？〉（一月八、九日「人間」）眞是道盡就醫者的無助和辛酸，先母得病時的種種陰錯陽差又一一湧上心頭。當時在美國，一切遭遇也不比廖女士好。母親初次中風被診斷爲「顏面神經炎」，在吃了七十顆治療神經炎的藥丸後再次中風，距首次中風三星期，而且是在我們送母親進醫院「觀察中」發生的。母親的中風是否能避免我不確知，但醫生在我一再表示懷疑還堅持是「神經炎」卻是事實。而當我詢問爲什麼在母親進入醫院到發病的十八小時內，他們沒有做任何急救的嘗試，答覆是：中風既已on set（開始）就必須Run its course, complete the cycle（完成它應走的路），我到今天還不相信這種說法。

也曾想控告那位誤診的大夫，但一位律師友人卻說：「這是一場打不贏的官司，因爲你無法證明，如果他不誤診你母親就不會再次中風。」這種反證法叫我無話可說，同時照料半身不遂的母親已夠焦頭爛額了，哪裡還有餘力去打官司。回臺後，看到李珮菁小姐、梁實秋教授的遭遇，才發覺這類事情原來到處都可能發生，也慶幸自己沒有採取行動，不然一定會像梁教授公子梁文騏先生在他那篇〈父親的命案〉一文中所描寫的一樣，百般嘗試，仍無法討回公道，只好認輸了。

母親病後，我開始閱讀醫學知識方面的書，從此我成了醫生眼中的「惡性」病人家屬，因爲我囉嗦、多問、充滿懷疑：這是什麼藥？請把它的全名寫給我？吃了有什麼副作用？需要吃這麼多嗎？不咳嗽、不發燒也要照肺部X光嗎？照了對病情有幫助嗎？可以換一位有力氣的男士來幫忙做復健嗎？

也因爲母親的得病，我變得對血壓特別敏感，有鑑於預防勝於治療，開始進出醫院，下面是我得到的一些答覆。有一位主任級的大夫說：

「你回去每隔兩小時量一次血壓，一個星期後再來。」

「我這裡有一份每天量三次的紀錄夠嗎？」

「不夠，要兩小時一次。」

「那我上班怎麼辦？帶到辦公室去量。」「在公車上呢？」

「你不信任我就不要來看我。」我和他不歡而散，前後不到三分鐘。

另一位說：「你緊張什麼？我保證你不會中風。」可惜他沒有給我書面證明，我也不敢相信他的保證。

還有一位說得更好：「每個人到最後都會中風的。」這就像說，每個人到最後都會死一樣，那我們還何必看病，更談什麼預防和保健。對這種醫生，我也是掉頭就走。當然，在我耐心的尋找下，也碰到好幾位醫生願意和病人溝通，也尊重病人提出的問題，我的要求也不過如此。

我覺得醫生是被病人寵壞了，我們的傳統觀念告訴我們醫生代表：「仁心仁術」、「妙手回春」、「再生之德」等品德和技術，也許他們之中有這樣的人，但絕對不是多數，更何況根據「墨菲定律」，不應該發生的事情一定發生，如你不幸生病，最好不要太相信權威。如有懷疑不妨多看兩位醫生，聽聽不同的意見，我們買衣服都會多走兩家店，對自己生命的關懷不更應該如此？當然這樣一來，你又可能成爲醫生眼中「沒事逛醫院」的惡性病患。

我國已有醫療法，其中心精神是病患和醫生地位平等，醫生有告知的責任，病患有發問的權利。醫療法第五十一條規定：「醫療機構診治病人時，應向病人或其家屬告知其病情、治療方針及癒後情形。」但是民間並沒有將此法規推廣宣傳，很多病人並不知他們的權益，醫療人員也未因此就改變他們以往的習性。也許政府應該規定各大醫院、診所將醫療法中有關病人權益的條款，印製成大型海報掛在牆壁上，互相提醒。

很多老年病人看到醫生仍然低聲下氣，鞠躬哈腰，畏畏縮縮，看了叫人心疼。就這樣還有醫生認爲病人不懂禮貌，進入診所沒有先向醫生致意，看完病沒有說謝謝，也有醫生認爲現在的病人不夠厚道，愛批評醫生，也不夠耐心，不肯合作做長期治療。提出問題時也不夠委婉：「吃了藥越來越咳」，要改說：「現在咳得較厲害了」以避免刺激醫生。總之，在你病得頭昏眼花時，也不能忘了要做一位有教養、有禮貌的病人。

——原載民國七十九年一月十四日《中國時報・人間副刊》

只許病人發火，不許醫師吭聲？

邱震寰

自廖玉蕙女士的大作〈你有資格生病嗎？〉一文刊出後，反應熱烈，一如廖女士所言「讀者羽電交馳，紛紛提供所受非人道之待遇」，今日醫病關係之緊張化，由此可見一斑。

廖女士指出，其所以寫作該文，毋寧是更關切醫院中對人的極度不尊重。但這個問題僅存在於醫院嗎？廖女士又說：「此點雖爲現代社會的普遍病態，但不容否認，醫院中表現尤烈。」這裡出現一個值得商榷的說法，是否眞的「醫院表現尤烈」？去過銀行、區公所……等公家機關的人，你們是否也常遭非人的待遇？坐過公車、計程車的市民，你們又受過多麼尊重的服務？臺大醫院是個公家機關，其老大官僚習氣可想而知，當然該罵；但是大家住家附近的診所，有的醫師是從小看您長大的，他們的服務態度，比起絕大多數的其他工作者，要好上好幾倍呢！可見不應將罪名直接加在醫院或醫療人員的頭上。一個普遍的社會病態，奈何強加於少數之人？宋成龍先生將責任重點置於醫療體系上，毋寧更能解釋大醫院與小診所服務品質的差異。

在這個付費受服務的時代中，服務品質不良，服務態度不佳，絕對是要受責難的。但是，哪一個行業不是如此，何以醫療人員特別受到責難？

今天，住院醫師薪資不過三萬餘，實習醫師收入才六千多，而其每周工作時數幾達一百小時（連値班），這樣的工作量，這樣的待遇，實在是不合理。再者目前病人地位擴張，醫師不知不覺已被病人擺在敵對的地位，會不會濫開藥賺我錢？藥有沒開錯？誤診？態度這麼差……「沒有醫德」、「庸醫誤人」的帽子更是隨時會送來一頂，更別談什麼受人尊敬了。僅存的一點奉獻犧牲的心，在體驗今日醫病關係如此惡化時，到底能維持多久？病人在病得頭昏眼花時，對醫師不管有無教養禮貌，都無可厚非，但醫師態度一定要親切和藹，樂於說明。病人一定要加號，加到了七、八十號，醫生不得拒絕，還要多講話以示親切，即使餓到下午三點不能吃午飯仍要保持笑容，遇到危及生命時（如愛滋病人或道上兇殺尋仇），仍須義無反顧，拚命向前。今天的醫師，沒有聖賢的修養，就得有幾分被虐狂的傾向，才能勝任愉快。

至於醫院開藥問題，廖女士指出「醫院隨便開藥賺取不當之資，長久以來，早已盡人皆知」，這個「盡人皆知」的斷語，除了辱盡天下醫師外，用於臺大醫院更是不合理。再提醒大家一次，臺大醫院是國立的，是公家的。藥品由醫師開，病人由醫師看，但收入全歸醫院，繳交國庫，醫生只支領薪水，看病、開藥多少均無影響。醫師何苦多看病人，濫開藥物？大學教授就「現狀」指陳，這現狀也太過悖離人情及事實了吧！依此推論，事件可推及全體，那修車之人也必有竊換零件之嫌，加油站工作者難逃吃油之罪，此之謂「想當然耳」！也正因大學教授就「現狀」指陳，「想當然耳」地推論下「不過是些維他命……」，廖女士也就「想當然耳」地要受影響而吃錯了藥。這個專業不受尊重可見一斑！藥豈可濫開，維他命又豈能亂吃？維他命A過量會中毒；C過量會拉肚子、腎結石；D中毒會死人的！攸關生死的事，又豈能「想當然耳」？誰開的藥，就去問他，問別人是沒有用的。醫生眞的兇惡到病人寧死都不願再見到他？還是「想當然耳」導致權衡失宜？

當今天，這個攸關生命的專業被定位猶如一般服務業，病人要求與醫師處於平等地位，以交易行爲來類比醫病關係。那麼，對待此一專業，是否亦當以一般服務業來要求？要求良好的服務品質和態度，而不要以什麼「醫德」、「仁心仁術」一類翻天印來壓迫醫師。同時也該計算一下，你付了多少錢，應得多少服務。以今天一張勞保單只值一百四十元去對待一個極度專業的技術人員，是否合理？您隨意修個家電都不只這個價錢！您想有什麼樣的服務？當一個角色已逐漸轉變，不同於往日時，用一些舊的價值標準來判斷是否合理？醫師也是人，何苦要背如此沉重的包袱，被迫成爲聖賢呢！

——原載民國七十九年一月二十一日《中國時報・人間副刊》

寫實乎？想像乎？

——敬答〈互信互愛〉作者林先生

廖玉蕙

讀者林先生〈互信互愛〉一文（因無法聯絡上林先生，致未能刊載原文，深致歉疚之意）針對拙作〈你有資格生病嗎？〉提出若干針砭，雖語多責難，然滿腔濟世熱忱，仍不得不教人感佩再三。醫療人員若皆如林先生「全心全意對待病患」之屬，則病人感激之不足，何來這許多怨怒之語，亦不勞筆者為文痛陳。林先生自稱是「最低微的實習醫師」，我們熱切期盼類此之醫院新兵，都能常保濟世仁心，不為積弊所汙染，不使耐心、愛心與行醫資歷成反比，則病患幸甚矣。

然議論文字，徒逞口舌，固乏誠意，光靠熱情，亦嫌不足，如若引喻失義，則更屬為文大忌。林先生為替人辯解，始則隱諱住院七至十天及門診開刀的巨大不同診斷，故意引導讀者於門診與住院開刀的爭辯上，以陷筆者於不明是非之列；繼則用一妙喻解說——同樣的課文有時可以有不同的解釋，同樣的病例也可以有不同的處理方法。拿醫學診斷來和文學欣賞比併，看似有理，實則取巧。文學欣賞固然可從各個角度出發，但也並非漫無天際、海闊天空；何況診斷既屬科學，就應力求精準，若因其他客觀因素（如林先生所說精神、金錢、醫療資源的花費及病床、住院時間等）影響，未能做到絕對精準地步，但也不能太過離譜。類似腱鞘囊腫的小型手術，應否住院，雖屬見仁見智，但據筆者親自體驗，住院七至十天的說法就未免太過誇張。

其次，林先生用極爲情緒化的口吻，指責筆者乃大學國文老師，竟以「深厚的文學素養及豐富的想像力」「尖酸刻薄」地嘲諷「病患須有豐富的知識來判斷醫院的量血壓機是否正常，緊急拉鈴是否仍能發生聲響」。事實上，寫作這樣的文字，何須藉助深厚的文學素養？林先生未免太過抬舉，若說該文尚有可取，亦不過傳眞寫實，道出患者心聲而已；至於豐富的想像力則更屬厚誣之語，散文與小說之別，盡人皆知，筆者文中所說，字字皆有佐證，豈有半句虛語？家父四年前夜半中風，送至私人診所，已先行打過一劑降血壓針，天明轉診至公立醫院，護士量過血壓後，急慌慌帶來手執針筒醫師，二話不說，便要扎下另一劑降血壓針，經家母慌忙阻止，方免因血壓過降而產生之悲劇，事後護士檢視血壓機，才發現老舊的機器未能正常起落；而一位好友，於前年因車禍送醫就診，昏迷中，突大量咯血，靜夜裡，緊急拉鈴闃然無聲，護士醫生久候不至，險些因之喪命，事後亦云拉鈴敗壞。人證俱在，豈容厚誣爲豐富的想像力。林先生不明就裡，胡亂「痛心」，豈知筆者落筆時，字字斟酌、語語傷心，怎可謂之尖酸刻薄？

年近四十，與醫院關係日益親密。長輩進出醫院者固然不少，自身病痛，亦只有增而無減，將來仰賴醫院者仍多，本人之所以甘冒大不韙，寫出一次荒謬的就診經驗，意本「愛深責切」，提醒醫護人員正視病患尊嚴，多予愛心關照，亦不過心存「有則改之，無則嘉勉」的期許，不意卻引來醫師反彈，實為始料未及。如若因此傷及其他充滿理想與愛心的醫師，本人願藉「人間」一角，深致歉意，而更衷心企盼者，乃醫學界自清自律，使醫院眞正成為治病療傷，而非患者及家屬積怨傷心之地。

年關將屆，身兼職業婦女及家庭主婦，諸事繁瑣，百廢待舉，針對此問題，筆者自認已做明確說明，答辯就此告一段落，後有來者，限於時間，恕不再回覆。

——原載民國七十九年一月二十三日《中國時報・人間副刊》

有所迷糊，有所不迷糊（代跋）

蔡全茂

我跟我太太結婚的時候，從來沒想到後來她會變成作家。只知道她情書寫得很動人，後來才知道，原來情書寫得好的人，就很有可能成爲作家。我是先愛上了她的情書，才身不由己的愛上她的人的。

結婚前，我只知道她偶爾幫雜誌社寫些報導性的文字，婚後，她忙著寫碩士論文，畢業後，有一段時間，她沒做任何工作，窩居在龍潭鄉間待產，對著落日歎氣，嚷著要燒書，激憤地抱怨空有滿腹經綸，卻找不到賞識千里馬的伯樂，被她這麼一再地絮絮叨叨的念著，連我都開始懷疑起，我是不是眞的娶了個被困淺灘的蛟龍。

接著，奶瓶、尿布占據她所有的時間，在忙碌的日子中，我又奉派出國一年，回來之後，赫然發現她居然已經成了作家了。

談到她的寫作生活，我其實是有一肚子苦水的。她寫作起來眞可說是六親不認的，尤其稿約在即，什麼事都不管，鎮日鎖在書房裡，我頓時變成家庭主「夫」，張羅起家中大大小小的事來。遇到她寫作不順的時候，大家就得提高警覺，幾年下來，孩子們已練就了察言觀色的本事，知道何時該躡足屏息，免觸母親大人之怒；何時可以撒潑耍賴，予取予求。有時碰到假日，爲了讓她專心寫作，我就開車載小孩出遊，幾乎玩遍了各風景區或遊樂區。讓人生氣的是，有時好不容易陪孩子在外混了一整天，拖著疲憊的身子回來，一進門，卻見書房裡撒滿一地的照片與信件，原來是她找資料時「一不小心」看到了照片和信件，便席地坐了下去，一看不可收拾，任由稿紙一片空白，還振振有詞的藉口在培養情緒。最可怕的是，她夜半寫得興會淋漓，還會把我從夢中搖醒，務必要我聽她念出自認得意之作，有時我神志不清假意敷衍兩句，她還要「考試」一番，不肯輕易放行。

她還有一些奇怪的寫作習慣，讓人啼笑皆非，紙質不對不寫，不是特定品牌的筆也不寫，穿衣也有講究，凡有鬆緊帶的衣服都不能在寫作時穿，髮夾亦須卸下，力求輕鬆。好不容易開始寫了，沒多久，字紙簍裡已丟滿了揉皺的稿紙，撿起來一看，有的才寫一個字或一行，問她，則說「字形不對，難以爲繼」。但她也常常把構想講給我聽，說著說著，一會兒溜到書房，沒多久的工夫，就有「佳作」產生，免不了我又得充當第一個讀者。從她的構想、片段、初稿到大作完成，又聽又看，不知道有多少遍，我對其中情節內容幾乎熟得快會背了，但她卻還常怪我不夠熱心，文章刊登出來或結集出書之後，沒有再三拜讀。

不寫作的時候，她倒是比較可愛一些。很會做菜，手腳也快，每天我一下班回到家，就有熱菜熱飯可以吃，有時讚美幾句，她便得意起來，說「你實在運氣很好，娶到我，不是每一個人回家就有很滿意的飯菜吃吔」。有時她在外頭吃到一道好菜，回來便試做，倒有幾分神似，顯見她有幾分聰明。她喜歡簡單，不喜歡複雜，吃白飯、白切肉，炒個空心菜，煮個蛋花湯，是她的最愛。就連家中擺設，也力求簡單，黑白兩色，不喜歡花梢，更不喜歡小玩意兒。不像一般女性，她不喜歡麻煩，不太戴首飾，這樣固然可以節省些開支，但也因此增添困擾，每逢她生日或特別紀念日，不知能買什麼禮物取悅她。有時她感性大發，也會要求我送花，而我生性講求實際，有一回在她屢次暗示之後，於菜市場買了一束用舊報紙包的花回來，還引發她大哭了一場，說是包裝太粗糙，不夠羅曼蒂克。

她「有所喜歡，有所不喜歡」，例如，喜歡洗衣，不喜歡摺衣；喜歡做菜，不喜歡洗碗；喜歡做計畫，不喜歡實施。她個性風趣，常愛說笑話，喜歡看電影和小說，看電視時，也從不選擇節目，歌仔戲、影集、綜藝節目，只要她想休息，再爛的節目，也可以看得很開心。記得有次盛裝帶著小孩到朋友家做客，時間一到，就聽到孩子迫不及待的喊著：「媽，你的歌仔戲開始了！」在座的朋友很尷尬，顧左右而言他，假裝沒聽到，她倒挺自在的，毫無靦腆之色。不管是電影或電視劇，遇到愛情大悲劇，她常常看得涕泗縱橫，淚流滿面，女兒在一旁不時遞著面紙，她邊擦邊罵節目太濫了。在金錢方面，她只喜歡拿著筆憑空計算，不喜歡實際數鈔票，有錢更是常亂放，根本弄不清自己還有多少錢，在各季的衣褲口袋裡如果發現到有錢，就會像中獎一樣，雀躍不已，甚至暴發戶般的闊綽一番。

在正式的場合，她的穿著還算講究，平日卻蓬頭垢面，常自外頭懊惱著回來說：「今天在菜市場又碰到了某某人，眞後悔沒好好打扮。」

她也是個善變的女人，但是她的善變完全只是停留在腦海階段，今天在電視或畫報上看到某位女星或模特兒的髮型不錯，就會問我，她去燙燙看好不好？明天，看到另外的樣子，又問，反反覆覆的。談來問去，也沒見她眞去做過什麼重大改變，髮型十餘年來也還是老樣子。她是凡事只要在腦子裡想過了，就算數的。

談到她的迷糊，可眞有一籮筐，一回，她到郵局提款，回來只見提款卡和明細表，錢卻忘了拿；每學期都到學期末了，還聽她在學校裡找不到上課的教室；開車逆向行駛，還怪別人不守規矩；寄給別人的信，在收信地址上寫上自己的；每天都在找她的手錶和鑰匙，因爲常忘了帶鑰匙，已經和開鎖匠建立了很好的交情；要生老大時去三總做產前檢查，醫生在表上塡資料，問她先生是什麼階級，她茫然不知，醫生還打趣說：「孩子都要生了，還不知道先生什麼階級！」她常常問我現在是在哪個部門，但隨記隨忘。結婚多年後一日，在她教書的學院碰到一位我們單位長官，她們院長特別介紹她是我們單位眷屬。長官問先生是在哪個部門，她還期期艾艾答不出來。長官於是笑著同院長說：「您看，我們單位的保密工夫做得多好！連太太都不知道先生在哪個部門！」她吃虧在空長了張聰明的臉，其實並不是精明的人。幸好，經過多年來的觀察，她的迷糊看起來似乎是有選擇性的，她的迷糊全在那些沒什麼關鍵性的地方。

在教書和寫作這兩件事上，她是一點也不糊塗的。幾年來，她陸陸續續也出版了四本學術論文集和四本散文集。我每天看她在忙碌的生活中，搶時間寫作，從不間斷，不得不佩服她的毅力與恆心。說也奇怪，她原本是個最缺乏耐心且又強烈主張過閒散生活的人，卻在寫作這件事上，顯示出奇蹟般的耐力。她撰述的學術性論文，能多年申請到國科會的獎助，絕非倖致！

在小孩子的教育方面，她也相當用心，從幼稚園的選擇，課外讀物的定期選購，藝文活動的安排，到定期與老師聯絡以了解小孩在校的情形，那種耐心、毅力和愛心，我非常佩服，也非常感激。我因工作關係，經常要出差或加班，多虧她的體諒，使我無後顧之憂，可以全力衝刺。

除教書和寫作外，她還經常應邀到各學校、文化中心或文藝營演講，其實比我要忙碌得多，但還能將家整理得窗明几淨、有條不紊，讓家人生活得舒適愉悅，顯見她也不全然毫無條理。

由於她教授戲劇課程，我多少也受到些影響，多次與她從國家劇院或電影院觀賞出來，她總要和我討論一番，逼得我不得不較用心些去看。也由於她敏銳的觀察力和多年學術之研究，原本看來平淡無奇的情節，經她解說之後，果然可以看出編劇或導演的用心了。她對美的賞析，另有一種境界。以往自認對美術有些喜好，但看得多，畫得少，眞是「眼高手低」，偶爾與她一道去看畫展或翻翻畫冊，常發覺經她特別指出說是不錯的作品，再三品味之後，我大多會認同。經多年來之歸納，她喜拙樸與寫意，不喜華麗與工筆，藝術不也多習自自然，回歸原始，講求意趣嗎？她寫文章，用字遣詞，也極口語化、人性化，求其順暢，不喜華美、堆砌或繞口，如果稍加注意，會發現她很少說教，也很少下評語，只敘述經過或現象，由讀者自行作評斷。寫字不像一般女性細小娟秀，而是粗大豪邁，另有一番風格，當年就是被她情書中的字所吸引的。她最讓我感到望塵莫及的是看書或雜誌的速度，不但快而且吸收、消化也快，許多新聞或舊事，經過她的口裡說出來，總是比我實際看到的，愈加引人入勝，的確是個說故事的能手。我腦海裡陸陸續續儲存了不少她說過的趣事，卻只能自己回味，沒本事全本將它有趣地轉述出來，這大概就是我成不了作家的原因吧！

如果有人問我，婚後幸福嗎？答案是肯定的，而且每年均有所精進，好比好酒越陳越醇，這種感覺，特別是我出差在外，很冷靜地檢討分析之後，益發覺得娶到她眞是幸福。雖然我倆個性迥異，但婚後不斷調適，互補長短，彼此能欣賞對方，亦偶亦友，一同談文說藝，雖做不到舉案齊眉，倒還能互信互諒，做到能溝通，絕無隔日之怒。最可貴的是，由於她樂觀與幽默的個性，全家都受到感染，洋溢著一片和樂及生氣勃勃的氣氛。很高興能在結婚十四周年前夕，對這段婚姻和吾妻廖玉蕙女士重新再做認識，並向世人鄭重宣言——吾愛吾妻。

——原載民國八十年九月十六日《臺灣新生報》副刊

(F0534) **沒大沒小**

本書蒐集《聯合報》繽紛版專欄「沒大沒小」文章及平日撰寫的相關散文，內容呈現另類親子關係。

(F0558) **隨時來取暖——廖玉蕙烘焙機**

有任教學生對廖老師的殷殷問候、在社會工作者吐露心聲，對生活的疑惑、對生命意義的質疑；還有內心深處的柔軟天真：廖玉蕙與學生、讀者分享心情和溫暖。

(F0583) **讓我說個故事給你們聽**

師生間或即或離的緣會、母子間或愛或恨的糾纏、人群中或怨或嗔的故事。屬於大時代裡的小故事，像天空的顏色，隨著季節的變遷而展示多彩的蹁躚：有時白得亮麗，有時藍得搶眼，有時又紅得讓人見之心碎。

(Y0011) **曾經的美麗**

被遺棄多年的農舍，安靜地訴說著她曾經的美麗。遍佈台灣山居及城鎮的各個角落隱藏著截然不同的情調！拿畫筆的蔡全茂遇上拿慧筆的廖玉蕙，兩人全省走透透，為素樸的生活塗寫豐富的色彩。

(F0666) **不關風與月**

書中有她中文根柢的流暢優美文字，也有她自嘲式的幽默，迷糊成性的她總在不經意之間有著小小的災難，但在她筆下一揮，卻成了妙文，令人莞爾。

(F0705) **像我這樣的老師**

廖老師迷糊健忘又充滿愛心，她妙解學生們從四面八方拋來的問題，情感的，學業的，成績的，生活上的種種千奇百怪的疑難雜症，她從最初手忙腳亂到後來的穩如泰山，一一克服，也見識到新世代玩的新鮮把戲。

(F0745) **公主老花眼**

廖玉蕙的生活幽默散文，人人會遇到的生活小事，在有老花眼的公主眼中，瑣碎裡有哲學生活觀，而且妙趣橫生。

廖玉蕙網址：http://www.ccit.edu.tw/~rliao

——夏元瑜幽默精選(二)(散文)		
F㉚告別火星(散文)	柯嘉智著	200元
F731請帶我走(小說)	張抗抗著	220元
F732與星共舞(詩)	謝　青著	190元
F733狂歡的女神(散文)	劉劍梅著	250元
F734從兩個蛋開始(小說)	楊爭光著	300元
F735與海豚交談的男孩(散文)	呂政達著	200元
F736浮生再記(散文)	沈君山著	350元
F737不負如來不負卿(散文)	周夢蝶著	240元
F738密室逐光(小說)	李偉涵著	280元
F739我的藝術家朋友們(散文)	謝里法著	240元
F740孤獨的眼睛(散文)	龔鵬程著	250元
F741苦惱與自由的平均律(新詩)	陳　黎著	200元
F742玉米(小說)	畢飛宇著	250元
F743看地圖神遊澳洲(散文)	夏祖麗著	210元
F744逃逸速度(散文)	黃國彬著	200元
F745公主老花眼(散文)	廖玉蕙著	220元
F746愛上圖書館(散文)	王　岫著	250元
F747靠近　羅摩衍那(新詩)	陳大爲著	200元
F748一頭栽進哈佛(散文)	張　鳳著	240元
F749一首詩的誘惑(詩賞析)	白　靈著	230元
F750第二十一頁(散文)	李家同著	220元
F751九十四年散文選(散文)	鍾怡雯編	320元
F752九十四年小說選(小說)	蔡素芬編	260元
F753聲納		
——台灣現代主義詩學流變(評論)	陳義芝著	260元
F754喇叭手(小說)	劉非烈著	230元
F755偷窺——東華創作所文集Ⅰ(散文)	郭強生編	230元
F756風流——東華創作所文集Ⅱ(文集)	郭強生編	260元
F757談笑文章		
——夏元瑜幽默精選(三)(散文)	夏元瑜著	220元

F⑺01 哭泣的耳朵（小說）	蘇　童著	230 元
F⑺02 綠袖子（小說）	虹　影著	220 元
F⑺03 雙單行道 ——中西文化交流人物（評論）	趙毅衡著	260 元
F⑺04 飄流萬里（散文）	楊　渡著	220 元
F⑺05 像我這樣的老師（散文）	廖玉蕙著	250 元
F⑺06 台灣文學的回顧（評論）	葉石濤著	210 元
F⑺07 無國境世代（散文）	黃寶蓮著	210 元
F⑺08 紅樓夢女人新解（評論）	謝鵬雄著	200 元
F⑺09 貓咪情人・PUB（極短篇）	羅　英著	200 元
F⑺10 海哭的聲音（散文）	詹　澈著	220 元
F⑺11 小蘭嶼和小藍鯨（詩）	詹　澈著	180 元
F⑺12 咖啡館裡的流浪民族（散文）	楚　戈著	250 元
F⑺13 火鳥再生記（散文）	楚　戈著	230 元
F⑺14 老蓋仙的花花世界 ——夏元瑜幽默精選㈠（散文）	夏元瑜著	220 元
F⑺15 容器（小說）	木子美著	220 元
F⑺16 上海之死（小說）	虹　影著	280 元
F⑺17 台灣棒球小說大展（小說）	徐錦成編	220 元
F⑺18 九十三年散文選（散文）	陳芳明編	320 元
F⑺19 九十三年小說選（小說）	陳雨航編	250 元
F⑺20 娑婆詩人周夢蝶（詩評）	曾進豐編	350 元
F⑺21 麗人公寓（小說）	唐　穎著	250 元
F⑺22 那些微小又巨大的人（小說）	劉震雲著	240 元
F⑺23 權力與美麗 ——超越浪漫說女性（評論）	林芳玫著	250 元
F⑺24 桂冠與蛇杖——北醫詩人選（新詩）	陳克華、湯銘哲編	(平)220 元 (精)300 元
F⑺25 煮字爲藥（散文）	徐國能著	200 元
F⑺26 面對尤利西斯（評論）	莊信正著	260 元
F⑺27 咖啡和香水（小說）	彭順台著	220 元
F⑺28 砲彈擊落一個夢（小說）	歐陽柏燕著	220 元
F⑺29 以蟑螂爲師	夏元瑜著	220 元

F673	眞愛與永恆 ——徐志摩陸小曼愛情日記（散文）	徐志摩、陸小曼著	200元
F674	變心（短篇小說）	張啓疆著	200元
F675	尋找原野（散文）	鮑爾吉・原野著	220元
F676	火狐虹影（散文）	虹　影著	220元
F677	上海王（長篇小說）	虹　影著	280元
F678	思想的天鵝（散文）	林清玄著	200元
F679	感性的蝴蝶（散文）	林清玄著	200元
F680	大哥最大（散文）	古蒙仁著	190元
F681	九十二年散文選（散文）	顏崑陽編	320元
F682	九十二年小說選（小說）	林秀玲編	250元
F683	紅顏淚（小說）	梅　遜著	200元
F684	文化英雄拜會記： 錢鍾書、夏志清、余光中作品及生活（評論）	黄維樑著	220元
F685	手機（長篇小說）	劉震雲著	260元
F686	我喜歡的親密關係（散文）	廖輝英著	180元
F687	書話台灣 ——1991~2003 文學印象（評論）	李奭學著	300元
F688	打開作家的瓶中稿 ——再訪捕蝶人（訪談）	廖玉蕙著	250元
F689	十行集（新版）（詩）	向　陽著	220元
F690	人間有情・義游於藝（散文）	朱　炎著	220元
F691	天臺上的月光（散文）	許婉姿著	190元
F692	成人童詩（詩）	林德俊著	180元
F693	巢渡（短篇小說）	張瀛太著	220元
F694	我帶你遊山玩水（散文）	康芸薇著	220元
F695	眞與美的遊戲： 漢寶德看古物（散文）	漢寶德著	250元
F696	亮的天（詩）	許悔之著	180元
F697	一首詩的玩法（詩賞析）	白　靈著	260元
F698	愛與死的間隙（詩）	白　靈著	200元
F699	人間光譜（散文）	劉海北著	220元
F700	人間煙火（散文）	席慕蓉著	260元

F641 天使咖啡（小說）	楊小雲著	190元
F642 從前（散文）	董　橋著	200元
F643 流螢點火（散文）	張清志著	200元
F644 午夜之門（散文）	北　島著	200元
F645 雅舍談書（評論）	梁實秋著・陳子善編	400元
F646 私語紅樓夢（評論）	水　晶著	190元
F647 麒麟（新詩）	孫維民著	160元
F648 夜上海（長篇小說）	顧　艷著	230元
F649 今天，您好（散文）	楊稼生著	190元
F650 在美國（中英對照劇作集）	郭強生著	260元
F651 藝術・收藏・我（散文）	王壽來著	200元
F652 虎爺（小說）	吳明益著	210元
F653 女人香（長篇小說）	廖輝英著	240元
F654 九十一年散文選（散文）	席慕蓉編	280元
F655 九十一年小說選（小說）	袁瓊瓊編	250元
F656 捷運的出口是海洋（詩集）	高世澤著	200元
F657 顛倒夢想（散文）	宇文正著	190元
F658 哈佛・雷特（散文）	陳克華著	200元
F659 馬路・游擊（散文）	邱坤良著	220元
F660 茱麗葉的指環（散文）	林文義著	200元
F661 星星都已經到齊了（散文）	張曉風著	230元
F662 失樂園（詩集）	簡政珍著	200元
F663 作女（長篇小說）	張抗抗著	350元
F664 怪鞋先生來喝茶（散文）	呂政達著	220元
F665 性、自戀、身分證（散文）	卜大中著	180元
F666 不關風與月（散文）	廖玉蕙著	210元
F667 疼惜往事（散文）	陳長華著	200元
F668 島嶼邊緣（詩）	陳　黎著	210元
F669 共悟人間——父女兩地書（散文）	劉再復、劉劍梅著	250元
F670 女王與我（散文）	林太乙著	200元
F671 有風就要停（散文）	李瑞騰著	220元
F672 遠方有光（散文）	楊錦郁著	190元

九歌最新叢書

F⑥⑮現代小說啓事（評論）	張素貞著	260元
F⑥⑯喬伊斯偷走我的除夕（散文）	莊裕安著	200元
F⑥⑰情色世紀末（評論）	劉亮雅著	220元
F⑥⑱借問成功眞何價？（散文）	曾昭旭著	220元
F⑥⑲試開天眼看人生（散文）	曾昭旭著	190元
F⑥⑳語言與翻譯（評論）	黃國彬著	200元
F㉑心鎖（小說）	郭良蕙著	270元
F㉒人生就是這樣！（散文）	郭良蕙著	200元
F㉓吃冰的另一種滋味（散文）	古蒙仁著	190元
F㉔乘著微笑的翅膀（散文）	劉安諾著	200元
F㉕金色的馬鞍（散文）	席慕蓉著	350元 特價280元
F㉖散文教室（散文）	陳義芝編	300元
F㉗走訪捕蝶人（散文）	廖玉蕙著	230元
F㉘聽聽那冷雨（散文）	余光中著	220元
F㉙含英吐華（評論） ——梁實秋翻譯獎評語集	余光中編	280元
F㉚九十年散文選（散文）	張曉風編	320元
F㉛九十年小說選（小說）	李　昂編	250元
F㉜希望之石（小說）	李偉涵著	200元
F㉝情路浪跡（小說）	廖輝英著	170元
F㉞無愛的上海（小說）	唐　穎著	280元
F㉟和世界偉人面對面（散文）	王壽來著	200元
F㊱幽室裡的愛情（小說）	宇文正著	180元
F㊲嫁台灣郎的日本女子（小說）	庄司總一著 黃玉燕譯	320元
F㊳約會（詩集）	周夢蝶著	190元
F㊴紀弦詩拔粹（詩集）	紀　弦著	210元
F㊵雲霄飛車家庭（散文）	陳正益著	210元

廖玉蕙作品集 001

不信溫柔喚不回

作者　廖玉蕙
內頁繪圖　蔡全茂
責任編輯　陸莉娜
發行人　蔡文甫
出版發行　九歌出版社有限公司
臺北市105八德路3段12巷57弄40號
電話／02-25776564・傳真／02-25789205
郵政劃撥／0112295-1
九歌文學網　www.chiuko.com.tw
印刷　晨捷印製股份有限公司
法律顧問　龍躍天律師・蕭雄淋律師・董安丹律師
初版　1994（民國83）年1月10日
重排初版　2006（民國95）年5月10日
重排初版6印　2016（民國105）年3月
定價　220元

書號　0110701
ISBN　957-444-309-4
（缺頁、破損或裝訂錯誤，請寄回本公司更換）

國家圖書館出版品預行編目資料

不信溫柔喚不回／廖玉蕙著. -- 初版.--臺北市：
九歌，民95
面；　公分. --（廖玉蕙作品集：001）
ISBN 957-444-309-4（平裝）

855　　　　95006224